¡¿Y PARA QUÉ SIRVE UN LIBRO?!

ALFREDO GÓMEZ CERDÁ

sm

www.literaturasm.com

Dirección editorial: Elsa Aguiar
Coordinación editorial: Gabriel Brandariz
Diseño de cubierta: Lara Peces

Impresores, 2
Urbanización Prado del Espino
28660 Boadilla del Monte (Madrid)
www.grupo-sm.com

ATENCIÓN AL CLIENTE
Tel.: 902 121 323
Fax: 902 241 222
e-mail: clientes@grupo-sm.com

ISBN: 978-84-675-4812-9
Depósito legal: M-11819-2011
Impreso en la UE / *Printed in EU*

Índice

ÍNDICE

Preámbulo

Un libro en la actualidad –segunda década del siglo XXI– sigue siendo un taco de papeles, por lo general formando cuadernillos, cosido por uno de sus laterales. Para darle cuerpo y presencia, se le suele añadir una cubierta algo más rígida, en la que se incluye el título del mismo y los nombres del autor y de la editorial. La editorial es la que previamente ha seleccionado el texto, la que se ha encargado del diseño y de la maquetación y la que, con posterioridad, lo distribuirá para su venta.

Un libro en la actualidad –segunda década del siglo XXI– se sigue fabricando en las imprentas, que suelen ser lugares grandes, llenos de máquinas, con techos muy altos. Antiguamente había más hombres que máquinas trabajando en las imprentas, pero con el paso del tiempo se invirtió la proporción y las máquinas sustituyeron casi por completo a los hombres. Las máquinas imprimen, pliegan el papel, cosen los cuadernillos, aplican el pegamento, cortan los tacos a la misma medida, embalan los libros, los transportan ordenadamente al almacén...

Un libro en la actualidad –segunda década del siglo XXI– sigue vendiéndose en unos comercios llamados librerías, en los que, por lo general, solo se venden libros. Es verdad que en algunos de estos comercios también se venden cuadernos, carpetas y todo tipo de objetos de escritorio, incluso juguetes, incluso de todo un poco. Se han detectado casos donde, además, se venden pipas y golosinas. A estos comercios llamados librerías entran muchas personas y algunas de ellas, después de mirar y remirar, se compran un libro.

Y ya tenemos al libro en danza.

Pero... ¡¿y para qué sirve un libro?! La mayor parte de las veces, el libro es introducido en una especie de abertura, entre otros libros, sobre un largo estante, donde permanecerá el resto de su vida, acumulando polvo y olvido. Pero, por fortuna, no siempre ocurre esto. Un libro no solo sirve como adorno en un mueble librería. Prueba de ello son las doce historias que vienen a continuación.

1.

Un libro sirve...
para perder el Tour de Francia

A Carlos Morate,
con quien jugaba a la vuelta ciclista
en el patio del colegio.
En memoria.

Ni siquiera quiso decirme en qué año ocurrió, aunque se lo pregunté en infinidad de ocasiones. A veces fingía que no había oído mi pregunta y comenzaba a hablar de algún asunto banal. Otras veces se quedaba mirándome en silencio y permitía que una sonrisilla se asomase entre sus labios tan finos.

Solo en una ocasión me respondió:

–No me acuerdo de nada.

Siempre estuve convencido de que recordaba todo perfectamente, de que lo tenía grabado en la memoria, y hasta en el alma, aunque prefiriese no hablar de ello con nadie.

No tuve más remedio que empezar a investigar por mi cuenta, dejándome guiar por la intuición y la lógica. Y no me resultó fácil averiguarlo.

Mientras rastreaba con paciencia durante días y días por las hemerotecas, por los archivos radiofónicos, incluso por algunos de documentación gráfica, tuve la sensación de que alguien había estado antes en esos mismos lugares y, con minuciosidad, había borrado todas las huellas, todos los datos, todas las referencias..., en definitiva, todas las pruebas. Incluso llegué a pensar que las fotografías de la época, tan escasas, habían sido retocadas por una mano perversa para sacarlo del plano, de todos y cada uno de los planos, y de este modo sepultarlo de por vida en el anonimato.

Pero mis esfuerzos se vieron recompensados. Con una tenacidad que a mí mismo me sorprendió, fui encontrando las piezas desparramadas del rompecabezas. Ensamblarlas fue mucho más sencillo. De este modo, pude reconstruir la gesta de este hombre sin igual.

Hoy puedo afirmar con toda certeza que sucedió en el Tour de Francia de 1953, el que ganó Louison Bobet, al que apodaban *El Panadero de Saint-Méen.*

A veces he llegado a imaginar que fue él mismo quien borró su nombre de todos los documentos para evitar de este modo convertirse en una leyenda viva. Pero, de ser así, ¿por qué lo haría? ¿Acaso no se dio cuenta de que un hombre sobresaliente no puede borrar todas las huellas que deja a su paso por la tierra porque estas sirven de rastro y de guía a otras muchas personas, que las hacen suyas?

Lo único cierto es que siempre quedarán sombras misteriosas en su biografía, circunstancia que suele darse en muchos personajes legendarios y que sirve para acrecentar su aureola, sombras que él jamás se preocupó de aclarar. Conociéndolo como lo conocí –aunque no fuese en su época de esplendor–, solo puedo afirmar que le gustaba crear confusión en torno a su vida y a su persona, que jamás se preocupó de resolver malentendidos, de replicar a malintencionados o de rellenar los huecos del olvido. No hay otra explicación, o yo no he sabido encontrarla.

La afición a los libros le venía de antiguo, desde la infancia. En los duros años de la posguerra española solo encontró alimento, luz, color, aire... en los libros. Durante muchos años, tal y como le había contado su madre, creyó que su padre estaba en América –adonde habría emigrado en busca de fortuna– y no enterrado en una fosa común en algún barranco cercano al río Ebro. Cuando leía *Las aventuras de Tom Sawyer* se imaginaba que su padre era el capitán de uno de aquellos barcos de vapor que surcaban el río Misisipi. Cuando leía *Colmillo Blanco* se lo imaginaba buscando oro en Alaska, con la nieve hasta las rodillas, acompañado de un perro lobo. Cuando leía *El último mohicano* podía reconocerlo con pantalón de cuero cazando animales salvajes en las montañas cercanas a los Grandes Lagos.

Pero donde realmente se desarrolló su pasión por la lectura fue durante sus años de ciclista.

Ya había mostrado sus facultades para la bicicleta en la ciudad pequeña y amurallada donde vivía. Cuando terminaba el colegio ayudaba a doña Ángeles a repartir la leche de la vaquería, que estaba al otro lado del río Adaja, ya fuera del casco urbano. Cargaba las cántaras en el transportín de la bicicleta y ascendía la dura cuesta empedrada de la Ronda Vieja hasta el centro. Todos los que le veían se asombraban de su forma de pedalear e, incluso, algunos muchachos de su edad con sus bicicletas sin carga le echaban carreras. Pero ninguno era capaz de seguir su estela.

Enseguida fue fichado por un club ciclista de la ciudad pequeña y amurallada. Entrenaba después de la jornada de trabajo y no tardaron en aparecer los primeros triunfos. Y del club pequeño pasó a un gran club de la capital.

Era un ciclista muy completo: escalaba montañas, rodaba con fuerza por el llano y hasta se medía con los que esprintaban en las llegadas. Los trofeos tenían que apretarse en los estantes del viejo mueble librería de la casa de su madre.

No tardaron en apodarle *Bala de Papel.*

Por supuesto, el sobrenombre se debió a los libros, que siempre ocupaban un hueco en su maleta, entre el equipaje, cuando se desplazaba a las grandes vueltas. Las horas largas entre etapa y etapa, de hotel en hotel, las llenaba con la lectura.

Fue entonces cuando comenzó a cimentarse su leyenda, la que él mismo se empeñó en difuminar años después. Se comentaba dentro y fuera del pelotón que en los bolsillos de su maillot, junto a la comida, llevaba siempre un libro, y que lo sacaba si la carrera discurría tranquila, lo abría sobre el manillar y leía un rato. ¡Hasta tal punto llegaba su pasión!

En aquellos tiempos no había cámaras de televisión, y los fotógrafos que seguían las carreras se limitaban a esperar el paso de los ciclistas en determinados lugares. Por eso no existe ningún documento gráfico que lo corrobore. Pero lo que voy a contar a continuación sucedió en verdad, en el Tour de 1953, y en concreto en la etapa número once, entre Cauterets y Luchon, en los Pirineos.

Antes de que se diera la salida en Cauterets, a primera hora de la mañana, aún en el hotel donde habían pasado la noche, el director deportivo del equipo francés en el que militaba cacheó personalmente a Bala de Papel para asegurarse de que no llevaba escondido algún libro. Lo quería concentrado al máximo en la carrera, pues sabía que la etapa podía ser decisiva. Después le dio un fuerte abrazo y unas palmadas en la espalda, mientras le animaba:

–*¡Allez! ¡Allez! ¡Allez!*

La etapa transcurría con aparente calma, con tensión contenida; pero cuando comenzó el ascenso del mítico Tourmalet, Bala de Papel lanzó un ataque durísimo, súbito, demoledor, que dejó clavado a todo el pelotón. Ni Jean Malléjac, que vestía entonces el maillot amarillo, ni Louison Bobet, ni Giancarlo Astrua, pudieron seguirlo. Los pocos afortunados que lo vieron recordarían toda su vida aquella forma fantástica de pedalear.

Los minutos caían como las hojas de los árboles en otoño: cinco, diez, veinte... A menos de doscientos metros de la cima, se colocó a su altura un motorista que llevaba detrás un asistente de la carrera. El asistente sacó un pizarrín y con una tiza escribió dos números: 45. La información era cierta y aventajaba en cuarenta y cinco minutos al siguiente corredor.

Muy cerca de la cumbre había un bar en los bajos de una rudimentaria y sólida casa de piedra. En la planta alta vivía el dueño, un tabernero aragonés apellidado Navarro.

Al llegar a la altura del bar, Bala de Papel detuvo la bicicleta y echó pie a tierra. Entró en el bar y pidió un café muy caliente para que le ayudase a mantener la temperatura de su cuerpo durante la bajada, donde el aire frío azotaba sin piedad. Este hecho –impensable en nuestros días– era frecuente en la época. Los ciclistas entraban en los bares durante el recorrido de las etapas para comer o beber algo. Después pasaba algún técnico del equipo para pagar las consumiciones.

¡Y ese momento se convirtió en la gloria y en la perdición de Bala de Papel!

Mientras apuraba el café, vio sobre el mostrador un libro que seguramente estaba leyendo Navarro, el tabernero. Lo cogió y comenzó a hojearlo, con la tranquilidad que le daban los cuarenta y cinco minutos que sacaba al siguiente corredor. El libro estaba escrito en español y, por eso, no pudo resistir la tentación de comenzar a leerlo. Si el libro hubiese estado escrito en francés, nunca se hubiese producido el desastre, pues era un idioma que solo chapurreaba. Varios testigos aseguraron haberlo visto acodado sobre el mostrador, enfrascado en la lectura, absorto. Ni siquiera atendía a las llamadas de atención de Navarro, ni a los avisos del motorista, ni a los gritos de los parroquianos con los que compartía mostrador...

Bala de Papel ni siquiera se dio cuenta de que, tres cuartos de hora después, pasó por la carretera Jean Robic, que tuvo el honor de coronar en primer lugar la cima del Tourmalet e, incluso, de ganar aquella etapa. Poco después pasaron los demás, Bobet, Malléjac, Astrua, Loroño...

Ese mismo año, Bala de Papel se retiró del ciclismo, en plenitud de facultades y con un porvenir esplendoroso. Nadie pudo entender su decisión. Con el dinero que había ganado hasta entonces no montó una tienda de deportes, ni un bar con las paredes llenas de fotografías enmarcadas con sus triunfos y de vitrinas con sus trofeos, ni se asoció con un constructor para edificar pisos en los barrios periféricos, ni montó un simple taller de bicicletas... Bala de Papel abrió una pequeña librería en mi barrio: Moby Dick. Allí fue donde yo le conocí a finales de los años sesenta, con el pelo escaso y canoso, con unas gafas de vista cansada que siempre llevaba colgadas del cuello, leyendo incansablemente en un rincón. Solo dejaba el libro para cobrar a algún cliente, y solo si el cliente insistía.

Se lo pregunté muchas veces, pero nunca quiso decirme el título del libro que estaba sobre el mostrador del bar de Navarro, a escasos metros de la cima del Tourmalet.

Fue dado al misterio y a la intriga hasta su muerte, muy reciente.

2.

Un libro sirve... para ser trasladado a Medellín

A Tatiana, a Juan Pablo
y a los demás paisas de Medellín

Gustavo Escal Fado estaba a punto de conseguir el sueño que había perseguido durante años. Y ese sueño, además de nombre, tenía un despacho enorme, una secretaria particular, una alta consideración, un coche de lujo con cargo a la empresa y, por supuesto, una nómina con una cifra más que considerable. El sueño se llamaba, claro está, ascenso.

Por este motivo, Gustavo Escal Fado andaba últimamente algo alterado. Sabía que todo iba a depender de una decisión de los jefazos de la empresa, una multinacional a la que había servido con total entrega y dedicación durante los últimos quince años de su vida, y en especial de Mr. Ieronnimus Openclose, alias *El Jero*, del que se afirmaba que era una de las tres personas con más poder dentro de la misma.

El Jero se pasaba la vida viajando, supervisando las delegaciones que la empresa tenía repartidas por todo el planeta. Solía quedarse una semana o dos en cada sitio y durante ese tiempo removía hasta los cimientos para asegurarse del buen funcionamiento de todo. Además, solía llegar sin previo aviso, lo que siempre causaba sobresalto en los empleados y, sobre todo, en los jefecillos intermedios, a los que su sola presencia provocaba taquicardias, que en muchos casos terminaban en ataques de pánico o en crisis cardiacas.

Ieronnimus Openclose era muy alto –por encima de los dos metros– y muy delgado. Aunque lo disimulaba con un traje que siempre le quedaba fatal, se le adivinaba un cuerpo lleno de picos y de aristas, como una cordillera escarpada. Este hecho se acentuaba aún más en su cabeza, que era un prodigio de la naturaleza: cavernosa por delante y apepinada por detrás. Las cuencas abovedadas de sus ojos, lo mismo que los huecos que se abrían bajo sus pómulos, semejaban un monte de Capadocia, y un hachazo brutal es lo que parecía la hendidura que tenía en medio de la frente. Y entre medias de aquella geografía se alzaban, majestuosos, los pináculos de su nariz apimientada, de su barbilla partida y de su nuez, que parecía un ser vivo dentro de su cuello de jirafa. Con los años –y El Jero rondaría los cincuenta y cinco–, su abundante pelo se le había vuelto estropajoso e indomable, y su color era realmente difícil de definir; a veces daba la sensación de que llevaba sobre su cabeza una fregona desmochada y otras un pulpo recién hervido.

Gustavo Escal Fado tenía fundadas esperanzas de ser elegido para el ascenso. Aparte de sus méritos profesionales y de su entrega incondicional, se había producido un hecho muy significativo. A primera hora de la mañana, cuando se dirigía a su despacho, se había topado de frente con Mr. Openclose, que andaba de visita en su delegación. La impresión fue tan grande que se quedó paralizado. Fue El Jero quien se acercó a él y, con su mano huesuda, le palmeó la espalda.

–Tengo buenas referencias de usted –le dijo.

–Gracias –balbuceó Gustavo Escal Fado.

Y luego, aquel estrafalario personaje, cambiando de actitud y de tono, le preguntó:

–¿Podría recomendarme un sitio para cenar esta noche en Madrid? He venido acompañado de mi esposa y no me gustaría cenar en el frío comedor del hotel. Ella es muy hogareña.

Gustavo Escal Fado trató de recordar el nombre de algún restaurante. Conocía varios que podrían gustarle a Mr. Openclose. Sin embargo, debido a su azoramiento, ninguno acudía a su memoria.

–Pues... pues...

–Uno de ambiente familiar, tranquilo, entrañable...

–Pues... podría venir a cenar a mi casa –dijo de pronto Gustavo Escal Fado, y él mismo se sorprendió de sus palabras. Luego añadió–: Para mi familia sería un honor y un placer. Además, mi esposa es muy buena cocinera.

Mr. Openclose se quedó mirando fijamente a Gustavo Escal Fado, y este llegó a pensar que había metido la pata hasta el fondo. Se preguntó cómo había tenido el atrevimiento de hacerle una proposición semejante. Sin embargo, no le dio tiempo a arrepentirse de sus palabras, ya que El Jero abrió los ojos al máximo y, fulminándole con su mirada, le dijo:

–¿A qué hora le parece bien?

–A las siete y media.

–Allí estaremos mi esposa y yo.

El resto del día fue un sinvivir para Gustavo Escal Fado. Llamó a su esposa y le explicó la situación, asegurándole que su ascenso –el tan deseado ascenso– iba a depender en gran medida de esa cena. Le dijo que se esmerase al máximo y que no escatimase en nada. Además, debería sacar la mejor vajilla –esa que no usaban nunca–, la mejor cristalería –sin estrenar desde el día de su boda–, la mejor cubertería, los más finos manteles y servilletas, el candelabro de plata...

A mediodía, alegando un motivo urgente de trabajo, se ausentó de su despacho y se marchó a casa. Quería supervisar personalmente todos los detalles de aquella cena, aunque estaba seguro de que su esposa, una mujer con buen gusto y excelente mano para la cocina, lo haría todo a la perfección.

Cuando llegó a casa, Sandra, la esposa, ya estaba metida en faena, y su hijo, Bernardo, acababa de llegar del colegio. Mientras ella se enfrascaba en la preparación de las viandas, él se ocupó del resto: ordenar la casa, asegurarse de que todo estaba limpio, poner la mesa... Al pequeño Bernardo lo envió a su cuarto con la recomendación de que se pusiera a leer un libro y no molestase.

Y fue al poner la mesa cuando Gustavo Escal Fado se dio cuenta de que estaba coja. La mesa era nueva, pues apenas tenía quince días; pero como la habían comprado en Ikea, él mismo había tenido que montarla. Y, desde luego, montar mesas –el bricolaje, en general– no era su fuerte. Por eso, cuando terminó de ensamblar todas las piezas, y a pesar de que siguió en todo momento las hojillas de instrucciones, una de las patas quedó torcida y, por ese motivo, más corta que las otras. Intentó varias veces subsanar el desaguisado, pero no consiguió averiguar dónde se había producido el error. Dos semanas después, la mesa seguía estando coja.

Pensó Gustavo Escal Fado que lo mejor sería calzarla y para ello estuvo buscando objetos que pudieran encajar en el hueco. Pero unos quedaban pequeños y otros grandes. Finalmente, tuvo una idea. Entró en el cuarto de Bernardo, que en ese momento se encontraba haciendo los deberes del colegio, y cogió un libro que estaba sobre su cama. Era un libro de literatura infantil. Lo sopesó y se lo llevó al salón, donde lo introdujo bajo la pata coja de la mesa. El libro tenía el tamaño ideal y era el calzo perfecto.

Una vez fijada la mesa, colocó el mantel y las servilletas, luego los platos, las copas, los cubiertos, la panera, las salseras... Seleccionó el vino y una botella de cava para los postres. A continuación, quitó el polvo del mueble del salón, que estaba limpio; enderezó los cuadros, que estaban derechos; barrió el suelo, aunque Sandra había pasado la aspiradora poco antes; ahuecó los cojines del sofá, que estaban de por sí esponjosos; se cercioró de que el reloj de pared estaba en hora, a pesar de que era el más puntual de la casa...

A las siete en punto, todo estaba preparado y Gustavo Escal Fado respiró profundamente, satisfecho y algo nervioso. Era mucho lo que se jugaba. ¡Había soñado tanto con ese ascenso! Le supondría convertirse de la noche a la mañana en uno de los ejecutivos más poderosos de la empresa en el país. Pensó que si El Jero, o mejor dicho, Mr. Ieronnimus Openclose, había aceptado su invitación, era la mejor prueba de que el puesto estaba en el bote.

Al pequeño Bernardo le dieron la cena antes de lo acostumbrado, con el fin de que se metiera en la cama cuanto antes y no armase bulla. El niño no entendía muy bien a qué venía tanto trajín, a pesar de que su padre le había explicado que de esa cena dependía que le comprase más y mejores juguetes. Obedeció y aseguró a sus padres que estaría leyendo, sin hacer ruido, hasta que le entrase el sueño, y que luego él solo se iría a la cama.

Bernardo iba a ponerse a leer, pero no encontraba su libro, ese libro que ya tenía por la mitad y que tanto le estaba interesando. Lo buscó por toda su habitación. No podía entenderlo. ¿Dónde podía estar? Decidió salir de su cuarto y continuó buscando por el salón. Tampoco lo encontró allí y, cuando iba a proseguir su búsqueda por otro lugar de la casa, se le ocurrió levantar los faldones de la mesa y mirar dentro. ¡Y allí estaba! ¡Justo debajo de una de las patas! Se preguntó, sorprendido, cómo habría podido llegar hasta ese lugar.

A gatas, Bernardo se metió debajo de la mesa para recuperar su libro. Estaba encajado y no podía sacarlo. Tendría que tirar muy fuerte.

Cuando estaba intentando sacarlo escuchó el timbre de la puerta y, a continuación, a sus padres saludando a un hombre y a una mujer que hablaban de una forma muy rara. Pensó que no era el momento de salir de allí y decidió quedarse bajo la mesa. Muy pronto observó que cuatro pares de piernas se introducían bajo los faldones del mantel. A un lado, reconoció las de su padre y su madre; las del otro lado –largas y huesudas– le resultaban completamente desconocidas.

Llevaba Bernardo más de media hora escondido bajo la mesa cuando se dijo que, ya que no podía salir de allí, al menos podía recuperar su libro y continuar leyendo, aunque fuera en una postura tan incómoda. Así pues, agarró el libro con ambas manos y comenzó a tirar de él con todas sus fuerzas. Al principio, el libro se resistía, pero enseguida comenzó a ceder.

En ese momento, los cuatro comensales se disponían a dar cuenta del segundo plato, una deliciosa carne asada. Gustavo Escal Fado llenaba las copas de vino.

Y de pronto ocurrió algo inesperado. Bernardo consiguió sacar al fin su libro y, debido a la tensión, la pata mal ensamblada de la mesa se salió de su sitio y cayó al suelo. La mesa, sin la sujeción adecuada, se volcó y todo lo que había sobre ella, con la carne asada y el vino incluidos, cayó sobre Mr. Openclose y señora, que terminaron literalmente rebozados de comida.

Lo que sucedió a continuación es innecesario contarlo. Baste con decir que dos días después, el pequeño Bernardo había terminado de leer su libro –que, por cierto, le gustó mucho– y que su padre, Gustavo Escal Fado, recibió una carta de la empresa en la que le comunicaban su traslado a la delegación de Medellín.

Gustavo Escal Fado y Sandra, su mujer, lloraron amargamente sobre aquella carta, frente a un atlas abierto por el mapa de Colombia, ante la mirada sorprendida y preocupada del pequeño Bernardo, que no entendía nada. Entonces aún no habían descubierto que Medellín era un lugar maravilloso.

3.
UN LIBRO SIRVE...
PARA SALVARTE LA VIDA

A Carla,
con quien descubrí paso a paso
Nueva York.

Scott había vivido épocas mejores. Hubo un tiempo en que controló una parte importante del Bronx y tenía un Lincoln negro de los que llamaban la atención. Fue cuando contrató a su hermano Matthew como chófer, lo vistió con un ridículo uniforme con gorra de plato y le encargó que mantuviera siempre brillantes los cromados del coche y a la chiquillería del barrio a diez metros de distancia, para que no se lo llenasen de mocos. Fue cuando visitaba a su madre todas las semanas y le dejaba unas cuantas bolsas llenas de comida y regalos. Fue cuando asistió a los funerales de su padre, que había muerto de repente, de un infarto de miocardio, en la prisión de la isla de Rikers, donde cumplía condena, arropado por la plana mayor de la mafia del noreste de la ciudad. Llevaba dos pistolas antiguas, casi de coleccionista: una Colt M1911 en la sobaquera y una pequeña Remington double-Derringer sujeta a la pantorrilla con la liga del calcetín, más por mantener las apariencias que por otro motivo, pues nunca había sentido apego por las armas y era torpe en su manejo.

Hacía ya algunos años que la estrella de Scott se había ido apagando. Él no se podía explicar el porqué, pero intuía que en algún momento se había producido un hecho que había cambiado el curso de las cosas, y le quitaba el sueño pensar en cuál habría sido ese hecho y en quién lo habría propiciado. Siempre acudía un nombre a su atormentada mente: Sam Fauller, antiguo compañero que nunca había ocultado sus desmedidas ansias de poder ni sus repugnantes modales de matón. Él era quien se había instalado en su sitio y se había apoderado de todo lo que le pertenecía, hasta de su buena reputación.

Tras pasar por varias casas, cada vez peores, vivía en un departamento infame en el South Bronx, en una zona donde proliferaban pandillas de negros e hispanos que se pasaban la vida cruzados de brazos, salvo cuando decidían zurrarse entre ellos. Su existencia se había convertido en un deambular por la ciudad, la mayoría de las veces sin rumbo ni destino. A veces se acercaba hasta el Yankee Stadium y le robaba la cartera a algún incauto turista que pretendía sacar una foto del templo del béisbol; otras veces se movía por el zoo o el Botanical Gardens con la misma intención, o incluso llegaba hasta City Island. Pero el Bronx no era precisamente territorio de incautos, por eso cogía el metro a menudo hasta Manhattan. Eso era otra cosa.

Y así sobrevivía, con robos de poca monta que en la mayoría de los casos no le llegaban ni para comer caliente durante una semana; pero se sentía satisfecho de haber tenido que acudir solo en dos ocasiones a casa de su madre en busca de un plato de comida.

Una mañana, en el cruce de Park Avenue con la West 116th Street, vio algo que lo dejó atónito y, al instante, lo llenó de rabia. Sam Fauller, flanqueado por dos guardaespaldas, descendía de una limusina y parecía dispuesto a entrar en el lujoso portal de un edificio. Una rubia despampanante iba cogida de su brazo. Entonces no pudo contener un arrebato y se dirigió a él a la carrera.

–¡Sam! ¡Sam! –lo llamó.

Los guardaespaldas le cerraron el paso de inmediato y la rubia despampanante retrocedió, ocultándose tras el corpachón de uno de ellos.

–Lo conozco –se limitó a decir Sam Fauller, y los matones se apartaron. Luego, mirándolo de arriba abajo se dirigió a él–: ¿Qué quieres?

–Solo pretendía saludarte, hermano, darte un abrazo por los viejos tiempos –le dijo Scott, forzando una sonrisa y abrazándolo efusivamente.

Sam Fauller lo rechazó al instante, se estiró la americana y reanudó su marcha. Ni siquiera se volvió cuando escupió sus últimas palabras:

–No vuelvas a llamarme hermano.

El de Scott fue un acto espontáneo. De haberlo pensado tan solo un segundo, no lo habría hecho. Cuando se alejó del lugar se metió la mano en el bolsillo y sacó la cartera de Sam Fauller, que había robado limpiamente. Revisó su contenido y solo encontró cincuenta dólares.

–¡Mierda! –exclamó decepcionado, y tiró la cartera a una alcantarilla.

Poco después pasó por delante de una librería. Junto a la puerta, en la acera, había un tenderete con algunos libros de ocasión. Grandes cartelones escritos a mano anunciaban las ofertas. Y Scott volvió a cometer un acto impulsivo en menos de una hora, pues justo cuando se encontraba a la altura del tenderete alargó uno de sus brazos y robó un libro. De inmediato se lo guardó en el bolsillo interior de la americana, justo a la altura del corazón. Ni siquiera se había molestado en leer el título.

Esa misma tarde se dio cuenta de que un hombre lo estaba siguiendo. Lo hacía con disimulo, pero él ya era perro viejo y lo descubrió de inmediato. Fue entonces cuando comprendió con claridad el lío en el que acababa de meterse. Sam Fauller, un hombre violento y vengativo, iba a hacerle pagar por haberle robado la cartera. Y sabía que no se andaría con chiquitas y que no se conformaría con menos que asesinarlo y dejarlo tirado en medio de la calle, como un perro.

Trató de perder de vista a su perseguidor en varias ocasiones, aprovechándose del gentío en las zonas más transitadas y cruzando una calle con el semáforo en rojo; pero aquel sabueso conocía su trabajo y estaba bien adiestrado. Finalmente, decidió volver al Bronx, que era su mundo, con la confianza de que allí conseguiría despistarlo. Tomó la línea 6 de metro, la que termina en Pelham Bay Park, pero no llegó hasta el final. En la avenida Saint Lawrence, esperando hasta el último instante, se bajó del vagón con las puertas a medio cerrar. Más tranquilo, se dirigía por un solitario camino hacia la salida. Estaba seguro de que aquel hombre no había podido reaccionar a tiempo y ahora estaría escupiendo blasfemias dentro del vagón, alejándose irremediablemente.

Sin embargo, de improviso, se quedó paralizado. Aquel hombre no solo no estaba en el vagón, sino que se encontraba frente a él, a muy poca distancia, con una navaja automática en la mano. El acero brillaba con la luz fluorescente de las lámparas. Sin mediar palabra, el hombre se abalanzó sobre él y le asestó dos cuchilladas.

En el primer momento, Scott no sintió nada, y por eso llegó a creer que el libro que había robado le había servido de parapeto; pero dos hilos de sangre, uno en cada costado, le sacaron de su error. El hombre no había fallado sus golpes, aunque ninguno hubiese resultado mortal.

Echó a correr como un poseso y salió de la estación. Pensó entonces que era posible que Sam Fauller solo hubiese pretendido darle un escarmiento y que aquel sicario ya se habría marchado. Pero sus pensamientos volvieron a resultar equivocados. Giró la cabeza y descubrió que el hombre lo perseguía a corta distancia. Era muy veloz y pronto le daría alcance. Estaba perdido. La americana se le había desgarrado con los navajazos y el bolsillo donde se encontraba el libro se había desprendido, quedando más o menos a la altura de su abdomen.

De pronto, sintió que aquel hombre le había dado alcance. Lo miró de reojo y solo pudo ver su brazo moviéndose como una centella. Una vez, dos, tres. Se detuvo en seco y se miró el vientre. Se dijo que esta vez el libro sí le había salvado la vida. Pero no era así, porque tres nuevos hilos de sangre tiñeron su camisa.

Scott reanudó su loca carrera con el matón de Sam Fauller pisándole en todo momento los talones. Daba la sensación de que aquel matón sanguinario estaba esperando el instante oportuno para darle el golpe de gracia. Se sentía tan cansado y aturdido que no se dio cuenta de que se introdujo en un estrecho callejón sin salida, un oscuro fondo de saco entre varios edificios que terminaba en el muro de hormigón de una nave. No podía dar un paso más. Se detuvo y apoyó su maltrecho cuerpo contra la áspera superficie del muro.

El matón no se acercó, como en ocasiones anteriores, sino que se detuvo a veinte metros de distancia. Se quedó mirándolo unos segundos y luego, con mucha sangre fría, sacó una pistola y le apuntó.

Scott cerró los ojos antes de escuchar tres disparos. Luego se desplomó. Cuando volvió a abrirlos, el callejón estaba desierto. Se sorprendió de seguir respirando y se dijo que tal vez el libro hubiese hecho la función de chaleco antibalas y eso le había salvado. Fue entonces cuando sacó el libro del bolsillo. Lo examinó. Estaba intacto. Por el contrario, su cuerpo parecía un colador, pues a los navajazos ahora tenía que sumar los balazos. Ninguno de los que habían perforado su tronco parecía mortal; sin embargo, el que le había atravesado el muslo tenía muy mala pinta, sobre todo porque de la herida le manaba abundante sangre.

«Moriré desangrado; una de las balas ha debido de segarme la arteria», pensó, mientras sentía que las fuerzas le abandonaban.

Fue en ese instante cuando, sin saber por qué, se quedó mirando el libro, que había quedado sobre la acera. Le llamó la atención el título: *Manual de primeros auxilios.*

Lo agarró con fuerza y lo abrió en busca del índice. Y allí encontró el remedio: tenía que taponar la herida con algo sólido y luego hacerse un torniquete para evitar que la sangre continuase manando sin control.

Desgarró su camisa en tiras y buscó por los alrededores el objeto sólido con el que taponar la herida. No lo encontraba. Finalmente decidió que ese objeto fuera el propio libro. Lo presionó contra su herida y, con las tiras de la camisa, lo vendó como mejor pudo, tratando de ajustarlo al máximo. A continuación, un poco más arriba, casi a la altura de la ingle, se hizo el torniquete.

Pocos minutos después, perdió el conocimiento.

Y así lo encontró la policía. Y así lo recogió la ambulancia. Y así llegó al servicio de urgencias del hospital. Todos los médicos que le atendieron lo certificaron por unanimidad: aquel libro, sujeto de manera tan tosca, le había salvado la vida.

4.
Un libro sirve... para llegar a tiempo a la boda de una hija

A Ana María Romero Yebra,
al volante de los versos.

Se casaba Lucía, la hija de Esteban y Reme. Y lo hacía en la ciudad, a pesar de que sus padres –sobre todo su madre– habían insistido mucho en que lo hiciera en el pueblo. Era en el pueblo donde había nacido y donde había vivido hasta que empezó en la universidad; además, era en el pueblo donde tenía a casi toda su familia.

–No quiero un bodorrio –les dijo de forma tajante–. Lo haremos en el juzgado y luego, con vosotros y los padres de Félix, nos vamos a comer a un restaurante.

A la madre, una mujer de pueblo chapada a la antigua, aquello no le parecía ni boda ni nada, pero aceptó la decisión de su hija, pues era consciente de que los tiempos habían cambiado y debía respetar las decisiones de los jóvenes. Además, Lucía acababa de cumplir treinta y siete años, y a esa edad era mejor que se casase, aunque no lo hiciese en la iglesia con traje blanco, y aunque no hubiese convite ni invitados.

Al padre, un hombre apacible, de poco carácter, solo preocupado por la apicultura y el huerto que cavaba detrás de la casa, todo le parecía bien. Él era así, resignado y de buen conformar. Si la niña había decidido casarse, pues bien. Y si lo hacía por lo civil, pues no había problema. Y si no quería convite ni invitados, pues no se hable más. Por supuesto, reaccionaría de la misma forma si la niña hubiese decidido lo contrario. Su actitud, como es natural, a veces sacaba de quicio a su mujer.

–¡A ti todo te da igual! –protestaba ella.

–No es eso, mujer.

La pareja tampoco quería regalos. Y esto a Reme también la desconcertaba. Había insistido varias veces, pero la hija siempre le había repetido lo mismo:

–Nada de regalos. Tenemos todo lo que necesitamos.

–Mujer, aunque sea un detalle...

Finalmente, y tras mucho insistir, Reme consiguió que su hija aceptase un detalle; pero no para ella, sino para Félix, su futuro marido.

–Dime alguna cosa que le guste –intentó sonsacar a su hija.

–Los castillos.

–¿Los castillos?

–Le apasionan los castillos. Pertenece a una asociación de amigos de los castillos.

Reme se lo comentó a Esteban y los dos se encogieron de hombros. Un castillo no es una cosa que pueda regalarse con facilidad. Después de dar muchas vueltas al asunto, decidieron comprarle un libro. Naturalmente, un libro sobre castillos.

Era un libro de gran formato y tapa dura, con sobrecubierta y con muchas fotografías y croquis en el interior.

El día antes de la boda, discutieron sobre qué coche debían llevar. El de Esteban era más grande, pero tenía casi veinte años. El de Reme era uno de esos coches diminutos, donde solo caben a gusto dos personas, y estaba prácticamente nuevo.

Finalmente, decidieron llevar el de él, quizá pensando en que un coche grande, aunque viejo, daría mayor prestancia a la boda. Esteban lo estuvo lavando a conciencia por la tarde.

Aunque la ceremonia tendría lugar a la una de la tarde, y aunque en ir desde el pueblo a la ciudad se empleaban dos horas, Esteban y Reme, ya arreglados, salieron de casa a las ocho en punto de la mañana. Algo más de la mitad del camino debían hacerlo por una carretera comarcal, estrecha, pero con buen firme; el resto, hasta la ciudad, lo harían por la autopista de peaje.

Llevaban aproximadamente media hora de camino cuando pincharon una rueda. Fue la rueda delantera derecha. Los vaivenes inesperados del coche les hicieron comprender que algo iba mal. Esteban buscó una pequeña explanada de tierra junto a la calzada y paró. Saco medio cuerpo por la ventanilla y observó el panorama con cara de desolación.

–Hemos pinchado –le dijo a su mujer.

–¿Llevas la rueda de repuesto?

–Naturalmente.

Esteban fue a bajarse del coche, pero la puerta parecía haberse atascado y no se abría de ningún modo. Lo intentó Reme con la suya, pero tampoco.

–Ocurre a veces –explicó él tan tranquilo–. Ten en cuenta que el cierre centralizado de este coche es casi de la prehistoria.

–¡Coñe! –exclamó ella–. Te dije que teníamos que haber traído el mío, aunque sea pequeño.

Lo intentaron de mil maneras, pero sin resultado. Y a su edad, saltar por la ventanilla les parecía demasiado arriesgado. Se habían quedado encerrados en el vehículo, completamente atrapados.

–Quizá con un golpe –dijo él de pronto.

Ella no lo dudó: se quitó uno de sus zapatos y comenzó a golpear con el tacón sobre la cerradura. Pero solo consiguió romper el tacón.

–¡Coñe! –repitió–. Son los únicos zapatos que me he traído.

–Necesitamos un objeto más contundente.

Y entonces se fijaron en el libro. Se miraron y se dijeron sin palabras que no les quedaba otra opción. Por eso, Esteban agarró el libro y golpeó varias veces y con todas sus fuerzas la cerradura. El mecanismo cedió y al fin pudieron abrir la puerta. Eso sí, el libro había acusado los impactos de los golpes y sus pastas y sobrecubierta quedaron visiblemente maltrechas.

Bajaron del coche y buscaron una piedra para calzarlo y evitar así que se moviera, pues en ese tramo la carretera tenía un poco de pendiente; pero, por extraño que parezca, no hallaron ninguna piedra apropiada. Volvieron a mirarse y a hablarse sin palabras. Sí, el libro podía ser la cuña perfecta. Reme lo agarró decidida y lo encajó entre la rueda trasera y el suelo.

A continuación, Esteban procedió a cambiar la rueda pinchada. Aflojó los tornillos, levantó el coche por un lateral con el gato, sacó la rueda de repuesto, la sustituyó por la estropeada, bajó el coche, apretó los tornillos... Hacía años que no cambiaba una rueda, pero comprobó con satisfacción que no había olvidado cómo hacerlo.

–¡Perfecto! –exclamó, sacudiéndose las manos y sacudiendo después los pantalones, donde le había quedado una mancha de considerable tamaño.

Por último, se agachó a recoger la rueda pinchada para guardarla en el maletero. Doblado como estaba, sintió un crujido en su espalda a la altura de los riñones y, al instante, un dolor intenso, como una punzada, que lo dejó completamente doblado.

–Creo que ha vuelto a darme el ataque de lumbago –dijo con el rostro demacrado.

–Lo que nos faltaba –susurró Reme.

Ella tuvo que ayudarlo a meterse en el coche, cosa que resultó muy complicada, y a acomodarse en el asiento del acompañante. También tuvo que ser ella quien guardase la rueda pinchada en el maletero, lo que le causó diversas manchas en su vestido nuevo.

–¡Qué horror! –repetía una y otra vez.

Decidida a asistir a la boda de su hija a toda costa, Reme cogió los mandos del coche, a pesar de que no estaba acostumbrada a conducir un coche tan grande y tan viejo. Lo puso en marcha y, durante unos segundos, se le fue hacia atrás. Luego, dio un violento acelerón y avanzó unos metros.

–¡El libro! –acertó a decir Esteban, retorcido en una postura inverosímil–. Nos hemos olvidado el libro.

Reme se bajó del coche y recogió el libro. La rueda había pasado dos veces por encima y, aparte de dejar claramente su huella, lo había convertido en una especie de acordeón. Negó ostensiblemente con gestos, lo tiró sobre el asiento trasero y volvió a colocarse a los mandos del coche.

Tras un violento acelerón, seguido de un frenazo que a Esteban le hizo ver todas las estrellas del firmamento, el coche salió a trompicones de la explanada y continuó por la carretera.

–Conduce con más suavidad, mujer –suplicaba Esteban.

–Este coche es demasiado grande para mí –replicaba Reme–. Ni siquiera alcanzo a ver la carretera como es debido. ¿No llevas un cojín?

–No.

–En un coche siempre hay que llevar un cojín.

Entonces Reme tuvo una idea y detuvo el coche en la cuneta. Giró su cuerpo y agarro el libro de los castillos. Lo colocó en el asiento y se sentó sobre él.

–Mejor, mucho mejor.

No se dio cuenta de que el libro estaba manchado de grasa y que su falda, a la altura del trasero, absorbió gran parte de esa grasa. Pero lo cierto es que el libro elevó un poco su posición y la conducción mejoró sensiblemente.

Faltaban solo unos kilómetros para tomar la autopista de peaje cuando atravesaron una zona de huertas, unos campos fértiles, bien regados, repletos de hermosas hortalizas. De pronto, comenzaron a notar que gran cantidad de mosquitos se estrellaban contra el parabrisas. Eran cientos y cientos. Había verdaderas nubes de mosquitos y ellos las estaban atravesando.

–¡Qué horror! –volvió a exclamar Reme.

Miles de mosquitos. Millones de mosquitos.

El parabrisas se fue volviendo opaco. Reme accionó las escobillas del limpiaparabrisas, que comenzaron a barrer la superficie del cristal. Pero no solo no mejoró la visión, sino que empeoró, pues las tripas de tantos mosquitos despanzurrados, junto a los chorrillos de agua que lanzaban dos pequeñas espitas, produjeron una especie de barrillo que lo embadurnaba todo. Además, los mosquitos seguían estrellándose sin parar.

–¡No veo nada! –gritó Reme.

–¡Para o nos estrellaremos! –gritó también Esteban.

Volvieron a detener el coche en la cuneta. Miraron el reloj y descubrieron que pasaban de las once y media. A esa hora, según sus previsiones, ya deberían estar en la ciudad. Sin embargo, aún les quedaba un buen trecho y, lo que era peor, estaban inmovilizados por culpa de los mosquitos.

–¿Llevas una esponja o una toalla? –preguntó Reme a su marido.

–No.

–Mal hecho, en un coche siempre hay que llevar esas cosas. Con ellas podríamos limpiar el cristal.

–¿Compraste el periódico esta mañana? –preguntó de pronto él.

–No.

–Con el papel también se limpian muy bien los cristales.

Reme y Esteban volvieron a mirarse. Ella se ahuecó en el asiento y sacó el libro, lo abrió con decisión y arrancó unas cuantas páginas. Las arrugó y se bajó del coche.

Desde el interior, él accionaba los chorrillos de agua mientras ella frotaba con el papel arrugado el cristal del parabrisas. Tuvo que arrancar unas cuantas hojas más del libro para conseguir limpiarlo por completo.

Con considerable retraso, pues tuvieron que volver a parar en dos ocasiones para efectuar más limpiezas de mosquitos, Reme y Esteban llegaron al fin a la autopista de peaje. Y desde allí, en un periquete, se plantaron en la ciudad y, en concreto, delante del juzgado donde iba a casarse su hija.

Sobre la puerta de una farmacia, que estaba justo enfrente del juzgado, un reloj-termómetro con publicidad incluida marcaba las doce cuarenta y cinco. Aún les habían sobrado quince minutos. Los novios ni siquiera habían llegado.

Decidieron esperarlos en la puerta. Él, doblado como una escuadra, con una mano sobre sus riñones y con la otra agarrándose al brazo de su mujer. Ella, desnivelada por culpa del tacón que le faltaba a uno de sus zapatos. Ambos, despeinados y desarrapados, con la ropa llena de manchurrones oscuros. A duras penas sostenían un libro, el regalo para quien estaba a punto de convertirse en su yerno.

5.
UN LIBRO SIRVE...
PARA AHOGARSE EN UN RÍO

A Pepe Checa y a Pilar,
que viven entre libros.

Mi abuelo estuvo en Berlín en 1933. Él era entonces un joven empresario que unos años antes, en las afueras de Madrid, había montado una pequeña industria de curtidos y pieles. Su pretensión era abarcar todo el proceso comprendido entre la adquisición de las pieles de los animales una vez desollados en los mataderos y la confección de prendas de abrigo. El proceso era muy largo y minucioso y requería de mucha atención y cuidados para que las pieles no se echasen a perder.

Mi abuelo se marchó a Berlín en busca de nuevos mercados para sus prendas: extraordinarios abrigos de piel, chaquetones, gorros, guantes... Pensó que un país como Alemania, frío aunque pujante desde el punto de vista económico, podría ser el mercado ideal para sus productos.

Él fue quien me contó poco antes de morir la historia de Bonifacio Kischnner, uno de los más famosos peleteros de la ciudad, que residía en el corazón del barrio judío, muy cerca de la sinagoga, en la popular Oranienburgerstrasse. Con él había concertado una cita y albergaba la esperanza de que, una vez examinadas las muestras que llevaba y hojeado su catálogo, le hiciera un buen pedido. Sin embargo, mi abuelo no llegó jamás a conocer en persona a Bonifacio Kischnner.

Había llegado a Berlín el día diez de mayo, en tren, después de un larguísimo viaje. Un taxi lo condujo desde la estación hasta las inmediaciones de Alexanderplatz, donde ya tenía reservada una habitación en un hotel. Los nazis se habían hecho con el poder tres meses y medio antes y esa circunstancia se palpaba en el ambiente de la ciudad. Sacó el equipaje de la maleta, se aseó convenientemente y se cambió de ropa. Luego, sin perder un minuto, se dirigió a la peletería de Bonifacio Kischnner. Durante el camino se cruzó con grupos de personas, en su mayoría jóvenes, que gritaban consignas y cantaban himnos. Algunos iban vestidos de uniforme y pensó que se trataría de militares o de simples soldados. Me contó mi abuelo que sintió miedo, a pesar de que él era extranjero y solo había ido en viaje de negocios. Aquellos gritos, aquellos cánticos, aquellos brazos en alto, aquella proliferación de cruces gamadas y otros símbolos, resultaban muy inquietantes.

Cuando llegó a la peletería de Bonifacio Kischnner, la encontró cerrada. Se extrañó, pues aún era temprano para comer. El cierre metálico estaba completamente bajado y sobre él habían pintado con trazos rápidos y gruesos una gran estrella de David de color amarillo. Como mi abuelo tenía también la dirección particular del peletero, se dirigió a su casa muy decidido.

Bonifacio Kischnner vivía en la primera planta de un edifico antiguo y señorial, con un portal inmenso, lleno de columnas adosadas con capiteles corintios. Solo la penumbra, que ni siquiera algunas lámparas encendidas podían mitigar, impedía admirar aquella sala, de la que arrancaban al fondo unas retorcidas escaleras que abrazaban el ascensor de madera y cristal biselado.

Llamó a la puerta varias veces. Aguardó unos minutos. Insistió. Y solo cuando comprendió que nadie le abriría se marchó confundido, pensando qué podría hacer para localizar al peletero. Le tranquilizó un poco pensar que Bonifacio Kischnner conocía el nombre del hotel en que se alojaba, pues él mismo se lo había aconsejado. Por consiguiente, si por algún motivo había tenido que ausentarse de su tienda y de su casa, con toda seguridad él mismo intentaría entablar ese contacto. Solo le quedaba una solución: esperar.

Se dio una vuelta por el barrio judío, en un pequeño restaurante tomó unas salchichas y una enorme jarra de cerveza, y luego cruzó el río para llegar a Unter den Linden. Recorrió la amplia avenida hasta la puerta de Brandenburgo y regresó apresuradamente al hotel, pues el ambiente en la calle se crispaba por momentos y la tensión estaba dando paso al alboroto. Al pasar frente a la universidad Wilhelm Von Humboldt vio cómo grupos de estudiantes enardecidos sacaban libros a la calle y los iban amontonando en la cercana Opernplatz.

Por eso, mi abuelo se encerró en su habitación del hotel y decidió no reanudar la búsqueda de Bonifacio Kischnner hasta el día siguiente. Además, le vendría bien un descanso después del agotador viaje en tren desde Madrid. Ordenó que le subiesen la cena a la habitación y el mullido colchón de la cama se encargó del resto. Durmió profundamente toda la noche, de un tirón.

A la mañana siguiente, una vez aseado, bajó a desayunar. Y fue justamente a la entrada de la cafetería donde lo abordó un joven de unos veinte años de edad. Se presentó como el sobrino de Bonifacio Kischnner, y por el tono de sus palabras y de sus gestos se adivinaba una profunda tristeza.

Mi abuelo lo invitó a sentarse y a que lo acompañase en el desayuno, pero él rechazó incluso un simple café. Durante un tiempo permaneció en silencio, cabizbajo, quizá esperando a que mi abuelo terminase con las tostadas y los bollos. A continuación, como si lo hiciese para sí mismo, comenzó a hablar. Mi abuelo apoyó los antebrazos sobre la mesa y echó el tronco hacia delante para oírlo mejor, pues aquel hombre hablaba en voz muy baja y en francés. Y si el idioma no era una dificultad, sí lo era ese tono de ultratumba con que envolvía sus palabras:

–Mi tío, Bonifacio Kischnner, me encargó anteayer que viniese a este hotel, lo buscase y le explicase que no iba a ser posible mantener la cita que tenían prevista desde hace semanas. Acababa de cerrar su tienda y pretendía marcharse de la ciudad, en primer lugar, y de Alemania, después. Usted sabrá que los nazis se han hecho con el poder en este país y que han comenzado a perseguir a los judíos, a los que acusan de todos los males de la humanidad. Buscan a los judíos y los marcan, lo mismo que sus casas y sus negocios. Y si protestan, son apaleados sin misericordia. Algunos dicen que la situación cambiará pronto y todo volverá a ser como antes, pero mi tío estaba convencido de que ya nada volvería a ser como antes y que, si cambiaban las cosas, lo harían siempre a peor.

»Hacía ya algunos meses que pensaba marcharse del país, pero los acontecimientos de los últimos días precipitaron la decisión. Su tienda fue asaltada por los nazis, que le obligaron a cerrar. Él tiene un hermano mayor en América y planeó todo para irse con él. Mi tío es soltero y no tiene familia. Eso facilitaba mucho las cosas. Anteayer fue al banco y sacó todo el dinero que le fue posible. Le pidió al cajero que le diera solo billetes grandes. Regresó a casa y estuvo pensando cómo podría sacar ese dinero del país sin que lo descubriesen. Barajó muchas posibilidades: maletines con doble fondo, abrigos con doble forro, falsos cinturones, zapatos con compartimentos secretos... Ningún método le parecía seguro. Entonces pensó que a veces las cosas más simples son las que dan mejor resultado y pasan desapercibidas. Por eso se dirigió a su biblioteca y de los estantes abarrotados sacó un grueso libro de recetas de cocina. *Cocina tradicional alemana.* Un libro así no podía llamarle la atención a nadie.

»Durante la noche, uno a uno, estuvo metiendo los billetes entre las páginas del libro, con mucha paciencia, estirándolos al máximo para evitar arrugas. Se dio cuenta de que su futuro se encontraba en aquellos billetes. Ese dinero le permitiría iniciar una nueva vida en un lugar menos enloquecido que este. Su plan era salir de casa al anochecer y marcharse de Berlín. Ya tenía algún contacto en las afueras de la ciudad. Allí le esperaba un coche que lo trasladaría a Hamburgo, donde se embarcaría rumbo a América.

»Debo decirle que mi tío estaba en casa cuando usted llamó a su puerta ayer por la mañana. Pero su decisión estaba tomada y, por ese motivo, prefirió no abrirle. Además, de este modo garantizó su seguridad, que se habría visto menguada si algún vecino hubiese llegado a sorprenderlos juntos.

»Yo debería darle ahora noticias de su huida de Berlín, pero por desgracia no puedo hacerlo. Con esto no quiero decir que se haya quedado en la ciudad. Los acontecimientos han sucedido tan deprisa que casi no hemos tenido tiempo de asumirlos. La vida es ingrata con los hombres buenos y cabales como mi tío. Esta noche han ocurrido cosas terribles en Berlín. Recuerde la fecha. Diez de mayo de mil novecientos treinta y tres. El mundo entero recordará este día.

»Ya anochecido, mi tío salió de casa sin equipaje para no llamar la atención, solo con el libro de cocina bajo el brazo. Pensaba que la oscuridad lo ampararía. Trató de evitar los lugares que imaginó más concurridos, pero en su afán por ocultarse, sin darse cuenta, se encontró en Opernplatz. Algo que estaba ocurriendo allí le dejó boquiabierto. Una gran hoguera devoraba miles de libros, que habían sido amontonados formando una pira. Algunos estudiantes enloquecidos gritaban títulos de algunos libros o el nombre de sus autores antes de condenarlos al fuego. Otras personas que no eran estudiantes los alentaban y jaleaban. Todos coreaban consignas y cantaban himnos.

»Mi tío se quedó paralizado unos segundos y, durante este lapso de tiempo, se olvidó de que no debía estar allí, de que tenía que alejarse de aquella turba cuanto antes, de que un coche lo estaba esperando... Fue el tiempo suficiente para que alguien, tal vez uno de sus muchos clientes que tanto alababan sus prendas de piel, lo reconociese. El resplandor de las llamas producía una claridad enorme, trémula y rojiza.

»Aquel hombre gritó señalándole con el dedo: «¡Es un judío!».

»Eso fue suficiente. Uno de aquellos jovencitos uniformados se acercó a él. Lo zarandeó y lo empujó hasta derribarlo. No paraba de insultarle. De pronto se fijó en el libro. Se lo arrancó de las manos. Sin abrirlo miró la portada y leyó el título en voz alta: «Cocina tradicional alemana». Se volvió a mi tío, que permanecía en el suelo, y le escupió varias veces. Se burló de él: «¡Un perro judío no puede comer comida alemana tradicional!». Entonces, con todas sus fuerzas, entre risotadas, lanzó el libro por los aires hacia las llamas. «¡Has manchado este libro con tus manos, que el fuego lo purifique!».

»Mi tío se dio cuenta de que había caído justo en el centro de la hoguera y de que las llamas devorarían en apenas unos segundos el libro y todo lo que escondía, que no solo era dinero. Se levantó despacio, atravesado de parte a parte por un dolor extraño, imposible de describir, como un ahogo mudo que se iba irradiando por todo su cuerpo, como un frío intenso que iba congelando sus vísceras y sus músculos, como si la nada absoluta se estuviera infiltrando por todos sus poros. Solo sus ojos parecían no haber perdido la cordura, por eso derramaban un caudal incontenible de lágrimas.

»Brazo en alto, la turba comenzó una nueva y enardecida canción. Mi tío se alejó despacio. Nadie volvió a señalarle con el brazo ni a acusarle de ser judío. Pero su sentencia había sido dictada. Caminó hasta la orilla del río Spree y se apoyó en la barandilla de hierro. Miró el agua negra, teñida a veces por las iridiscencias rojizas que llegaban desde la hoguera. Se reprochó haber elegido un libro precisamente una noche como aquella, en la que los libros estaban siendo condenados a muerte. Luego, se lanzó a las frías agua del Spree.

»Mi tío Bonifacio no sabía nadar, pero hubiese dado lo mismo que supiera hacerlo. Murió ahogado de inmediato. Nadie va a tomarse la molestia de buscar su cuerpo, de sacarlo del agua, de darle sepultura en el cementerio.

»Él me dejó encargado que hablase con usted, que le pidiese disculpas en su nombre por no acudir a la cita, que le explicase los motivos por los que se ausentaba... Creo que nunca se le pasó por la cabeza que, además, tuviera que darle la noticia de su muerte.

El joven terminó su relato. Mi abuelo lo miraba sin pestañear. Tragó saliva un par de veces, pero a pesar de ello no pudo pronunciar ni una sola palabra. Solo colocó su mano sobre el antebrazo del joven y le apretó con fuerza en señal de solidaridad y, por supuesto, de duelo.

6.

Un libro sirve... para tener trillizos

A Elsa Aguiar,
que, por supuesto,
no me inspiró esta historia.

Stephen vivía en una casa entre Cardiff y Newport, en Gales. Era la casa que había pertenecido a sus padres y en la que él mismo había nacido hacía cuarenta y tres años.

Brenda vivía en Londres, en el corazón de New Cross Gate, al este de la ciudad, en un pequeño apartamento de la quinta planta de un edificio de estilo victoriano.

Stephen y Brenda se habían conocido tres meses antes a través de internet, en un chat de jardinería. A ninguno de los dos le interesaba lo más mínimo la jardinería, pero ambos consideraron que la gente que entrase en un chat de ese tipo podría adaptarse al ideal que ellos buscaban. Y todo parecía indicar que no se habían equivocado.

Él utilizó el *nick* de Geranio y ella el de Rosa de Pitiminí.

Geranio dice: *Hola, Rosa de Pitiminí.*
Rosa de Pitiminí dice: *Hola, Geranio.*
Geranio dice: *¿Dónde vives?*
Rosa de Pitiminí dice: *En Londres, ¿y tú?*
Geranio dice: *En Gales.*

Rosa de Pitiminí dice: *Me gusta Gales, aunque no he ido nunca.*

Geranio dice: *A mí también me gusta Londres, aunque solo estuve una vez de pequeño, con una excursión del colegio.*

Rosa de Pitiminí dice: *¿Cuántos años tienes?*

Geranio dice: *43. ¿Y tú?*

Rosa de Pitiminí: *40.*

Al primer chateo se sucedieron otros, como es de imaginar, mucho más interesantes, en los que la pareja fue conociéndose mejor.

Geranio dice: *¿Te gusta la jardinería?*

Rosa de Pitiminí dice: *No. Pero me pareció que la gente de un chat sobre jardinería tenía que ser interesante.*

Geranio dice: *A mí me ocurrió lo mismo.*

Rosa de Pitiminí dice: *¡Ja, ja, ja! No nos equivocamos.*

Geranio dice: *¿Lo dices por mí?*

Rosa de Pitiminí dice: *No me preguntes esas cosas, que me da vergüenza.*

Poco a poco, Stephen y Brenda fueron intimando a través de estas conversaciones virtuales y, por consiguiente, fueron conociéndose mejor. Los dos fueron sinceros y, por eso, no se inventaron una doble vida, más atractiva que la rutina cotidiana de cada uno. Incluso a la hora de enviarse una fotografía, no utilizaron la de algún modelo con uno de esos cuerpos que parecen de silicona. En la que le envió Stephen a Brenda se le veía con claridad la incipiente calva y no se disimulaba su prominente nariz, que casi ocultaba su boca diminuta. En la que le envió Brenda a Stephen se le notaban las bolsas debajo de los ojos y no se disimulaba su mentón, en exceso puntiagudo.

Él no tardó mucho tiempo en decirle a ella que le gustaba y que cada día que pasaba se sentía más atraído.

Ella tardó un poco más en reconocerlo, pero solo por timidez.

Geranio dice: *Debemos conocernos en persona.*
Rosa de Pitiminí dice: *Pero vivimos lejos.*
Geranio dice: *Iré a Londres.*
Rosa de Pitiminí dice: *¿Harías eso?*
Geranio dice: *Sí.*
Rosa de Pitiminí dice: *¿Y si cuando nos conozcamos en persona no nos gustamos? ¿Y si no hay química entre nosotros?*
Geranio dice: *Solo podremos comprobarlo si tenemos una cita real, si podemos mirarnos a los ojos de verdad, si nos tocamos.*
Rosa de Pitiminí dice: *Yo no tengo fácil ir a Gales, aunque me gustaría.*
Geranio dice: *Iré yo a Londres el próximo fin de semana.*

Stephen reservó un hotel en el centro de Londres, cerca del British Museum, junto a la estación de metro de Holborn. Llegó en tren el viernes por la noche y, aunque estaba dispuesto a quedar a cualquier hora, ella prefirió que la cita se produjese al día siguiente, por la mañana, en un lugar tan concurrido e incómodo como la puerta principal de Westminster Abbey.

Stephen deshizo el equipaje, colgó algunas prendas en el armario y se dejó caer sobre la cama: el colchón estaba mullido, pero la base que lo sustentaba era dura como una piedra. Se preparó un té y hojeó la biblia que estaba en la mesilla. No era un hombre religioso, a pesar de que sus padres sí lo eran. Abrió el libro por la mitad y leyó al azar unos versículos. Antes de cerrarlo, pasó sus dedos por aquellas páginas de papel tan fino que parecían de seda.

A la mañana siguiente se despertó con la alarma del móvil, que él mismo había programado. Se levantó y se fue directo al cuarto de baño. Bajo el chorro generoso de la ducha, sonrió pensando que le aguardaba un día emocionante, tal vez el comienzo de una nueva andadura y de una nueva vida.

Pero mientras se secaba con la toalla se dio cuenta de que le había ocurrido una desgracia: se le había metido una gota de agua en uno de sus oídos. Y si esto no es un problema para la mayoría de las personas, para Stephen era una tragedia. Ya le había ocurrido otras veces. La gota dentro del oído le alteraba por completo, le hacía perder los nervios y todas sus funciones se alteraban. En esas ocasiones tenía la sensación de que un intruso se había introducido dentro de su cabeza. Le lloraban los ojos, se le trababa la lengua, se le caían los mocos, sudaba en exceso.... La situación le condujo al borde del terror, pues ya veía truncada aquella cita que tantas expectativas le había creado.

Intentó por todos los medios que la gota saliese de su oído. Primero, con la toalla, secándose una y otra vez, introduciendo incluso picos de tela dentro de su oreja. A continuación, comenzó a saltar sobre una pierna y luego sobre la otra, pues pensaba que el zarandeo podría provocar la salida de la dichosa gota. Todo resultó infructuoso y acabó dando cabezazos contra la pared, amortiguando un poco el impacto con la almohada.

Nada dio resultado.

De pronto, tuvo una brillante idea. Agarró el secador de pelo, lo encendió y se lo aplicó directamente a la oreja, para que ese chorro de calor secase la gota. Pero lo único que consiguió fue achicharrarse la oreja y, con ella, la mitad de la cara. Se miró al espejo del cuarto de baño y comprobó que su aspecto era desolador: tenía una parte de la cara con su color blanco lechoso característico y la otra roja como un tomate bien maduro. Parecía un hincha de un equipo de fútbol que se hubiese pintado los colores de la camiseta sobre su rostro.

Intentó tranquilizarse. Aún era temprano y posiblemente la gota se disolviese por sí sola. Pero recordó experiencias anteriores. En una ocasión, una gota tardó casi dos días en desaparecer de su oído; en otra, perdidos los nervios por completo, tuvo que ir al médico de guardia.

Descolgó el auricular del teléfono y llamó a recepción.

–¿Hay médico en este hotel?

–No, señor.

–¿Y dónde podría localizar uno?

–Hoy es sábado. Será difícil. Si se encuentra mal, será mejor que vaya al hospital.

Trató de calmarse. Aún tenía tiempo. Se vistió y bajó a desayunar. Pensó que el simple movimiento de las mandíbulas podría contribuir a hacer desaparecer la gota. Comió tostadas con mantequilla, jamón de York y queso; pero, como no conseguía su propósito, siguió comiendo: salchichas fritas, huevos revueltos, beicon... Todo acompañado con mucho pan. Se marchó de la cafetería desesperado, con el estómago lleno y con la impertinente gota jugueteando incansable dentro de su pabellón auditivo.

De nuevo en la habitación, se cambió de ropa y se puso la que con tanto cuidado había metido en la maleta, la que debía darle un aspecto atractivo para deslumbrar a Brenda en el primer encuentro real. Pero ni sus mejores galas podrían mitigar los efectos demoledores de aquella gota. Era consciente de ello y por eso, lejos de mejorar, su crispación aumentaba. Ya había comenzado a dolerle el estómago, aunque eso podía deberse al copioso desayuno, y el ritmo de su corazón se aceleraba hacia la taquicardia. Estaba perdido.

Decidió no acudir a la cita con Brenda, pues en esas condiciones estaba seguro de que su encuentro sería un fracaso y ninguno de los dos sentiría esa química de la que tanto habían hablado. Trató de buscar una excusa convincente.

Iba a dejarse caer sobre la cama deshecha, abatido y triste, cuando se fijó en la biblia, que seguía sobre la mesilla. Allí podía estar la solución que tanto había buscado. Se lanzó sobre el libro y lo agarró con ambas manos. Lo abrió. Estuvo pasando hojas durante un rato, como si buscase un pasaje determinado. Y finalmente, como si un arrebato lo hubiese poseído, arranco una de las hojas.

Examinó minuciosamente aquel papel tan fino y después lo dobló por uno de sus picos. Sobre el doblez hizo otro, y luego otro, y otro más. Consiguió de esta forma un pico muy puntiagudo, que aún estuvo alisando con la yema de sus dedos índice y pulgar. Aquel papel parecía más bien una de esas agujas que se usan para tejer. Entonces, despacio, con mucho cuidado, lo introdujo poco a poco dentro de la oreja y escarbó con él en busca de la gota intrusa. Cuando creyó haberla localizado se detuvo, dejando aquella especie de lanza de papel muy quieta, para que la celulosa con la que había sido fabricada absorbiera el agua.

Y así ocurrió. De esta forma, Stephen consiguió librarse de la gota que se le había metido en el oído mientras se duchaba. Y al desaparecer la gota desaparecieron todos sus males. Recuperó la sonrisa, el ánimo, las ganas de salir a la calle y de encontrarse por fin con Brenda, esa mujer a la que estaba deseando conocer en persona. Miró su reloj de pulsera: llegaría puntual a la cita.

Seis meses después, Stephen y Brenda se casaron.

Y dos años y medio después de la boda, tras un laborioso tratamiento de fertilidad, Stephen y Brenda tuvieron trillizos.

Aún hoy, de vez en cuando, mientras prepara los biberones para sus criaturas, Stephen recuerda la biblia del hotel, esa biblia que quedó para siempre mutilada, y se pregunta a qué capítulo pertenecería la hoja que él arrancó.

7·
UN LIBRO SIRVE...
PARA HACER EL REGALO PERFECTO

A Teo Puebla y a Carmen,
por el regalo perfecto
de su amistad.

Telesforo Viciosa se jubiló tras cuarenta años de trabajo ininterrumpido en la misma tienda de ropa, un establecimiento rancio situado en la calle de Alcalá, a la altura del barrio de la Concepción. El local vivió épocas de esplendor y dispendio, en las que llegaron a trabajar hasta diez empleados, además de la cajera. Luego, con la proliferación de centros comerciales, que surgieron como setas por todos los alrededores de Madrid, y con el envejecimiento del barrio, se produjo un declive progresivo e imparable. Si el dueño de la tienda no tomó la decisión de cerrar fue porque iba disminuyendo drásticamente la plantilla y, con ella, los gastos.

Telesforo Viciosa sobrevivió a todos los despidos, seguramente porque, debido a sus muchos años de servicio, ponerlo en la calle le resultaba muy costoso a la empresa.

El día en que se jubiló solo quedaban tres empleados en la tienda: Camila, Eduardo y él mismo, además del jefe y dueño, quien se apresuró a comunicarles que la plaza de Telesforo Viciosa quedaba desde ese mismo instante liquidada a todos los efectos.

En la fiesta de despedida –una botella de vino barato, un plato de aceitunas y una bolsa de patatas fritas con sabor a queso–, los que hasta entonces habían sido sus compañeros le entregaron sin mucho entusiasmo un regalo envuelto en un llamativo papel de colores. Telesforo Viciosa lo agarró con ambas manos y lo sopesó.

–Es un libro –le explicó el jefe.

–Ah, muchas gracias.

Telesforo Viciosa no se molestó en abrir el paquete y, con él bajo el brazo, regresó a su casa. Por el camino pensaba en los años que había pasado en aquella tienda, y todos, sin excepción, le parecieron tediosos, absurdos y sin sentido, lo que le hizo llegar a la conclusión de que en la vida no había hecho otra cosa más que perder el tiempo en cosas que no le reportaron nada, salvo un sueldo miserable.

Cuando llegó a su casa, su mujer le anunció que ese mismo día era el cumpleaños de Andrés, su yerno. Con Andrés le ocurría lo mismo que con el trabajo: nunca le había gustado. No podía explicar el porqué, pero no lo soportaba. Y esto le ocurría incluso desde antes de conocerlo en persona, cuando Piluca, su hija, le anunció que llevaba un año y medio saliendo con él y que querían casarse.

–Nos ha invitado a merendar esta tarde –le explicó su mujer–. Tendremos que comprarle un regalo.

De buena gana se hubiese negado en redondo a asistir a aquella merienda, que se le antojaba insufrible; pero pensó que al menos vería a Piluca. Aunque tenía otra hija más pequeña, Piluca siempre había sido su ojito derecho.

–Ya he comprado yo el regalo –se apresuró a puntualizar, y señaló el paquete.

–¿Qué es?

–Un libro.

–¿Y le gustará?

–Seguro que sí.

Como se temía, la merienda resultó insufrible, al menos para él, ya que el resto de los invitados –todos familiares– parecían encontrarse muy a gusto. Solo había que escuchar sus continuas bromas y risotadas.

Cuando todos los invitados se marcharon, Andrés y Piluca se desplomaron en el sofá. Sonrieron y se dieron un beso. A continuación, él reparó en el regalo de su suegro, que ni siquiera había abierto. Se iluminó su rostro, como si se le hubiera ocurrido una gran idea.

–¿No querías tener un detalle con un médico? –preguntó a su mujer.

–Sí, con don Fabián, el traumatólogo. Ha conseguido librarme de esa tendinitis en el hombro que llevaba meses martirizándome.

Piluca cruzó una mirada con su marido y leyó perfectamente sus pensamientos. Luego, observó el paquete, aquel papel de colores tan llamativos.

–Ni siquiera lo has abierto –le reprochó a su marido.

–Tu padre tiene un gusto horrible, puedo imaginarme el tipo de libro que me habrá traído.

–Y pretendes que yo se lo regale a don Fabián...

–Eso es diferente. Solo cuenta el detalle.

Al día siguiente, Piluca tenía hora en la consulta de don Fabián. El médico le estuvo manipulando el hombro y el brazo un buen rato, comprobando su elasticidad y la ausencia de dolor. Finalizó su exploración afirmando ostentosamente con la cabeza y sin poder disimular un gesto de satisfacción.

–Está curado –concluyó.

Y Piluca sacó el libro tan bien envuelto y se lo entregó al médico en prueba de agradecimiento por su buen hacer.

Tuvo que insistir un par de veces, pero finalmente don Fabián se quedó con él e, incluso, se mostró muy agradecido, asegurando a Piluca que la lectura, cuando tenía tiempo, era una de sus principales aficiones.

A última hora de la tarde, Fabián Troncoso, traumatólogo, regresó a su casa. Entró directamente con su coche en el aparcamiento de la vivienda y luego tomó el ascensor hasta su piso. Y en ese intervalo de tiempo recapacitó sobre su situación con Analía, su esposa. Las cosas iban de mal en peor y, de no mejorar la situación, la única salida que se atisbaba en el futuro era el divorcio. Entonces, de manera sorprendente, recordó algo: ¡era el día de su aniversario de bodas!

Cuando entró en su casa y se encontró a su esposa en el recibidor, la besó rutinariamente y le entregó el paquete, esbozando una sonrisa.

–Feliz aniversario –musitó.

–¡Oh, gracias! –exclamó ella, sorprendida–. ¡Te has acordado!

Analía estuvo a punto de abrir el paquete y descubrir de qué libro se trataba, pero algo la frenó a última hora, quizá el recuerdo de que su marido llevaba una larga temporada sin hacerle caso, y de que esa falta de atención y de interés se estaba volviendo recíproca. Por eso, arrojó el paquete sobre la cama con desinterés. Y en ese mismo instante recordó a su amiga Sagrario, que acababa de ser ascendida en la empresa donde trabajaba. Había citado al día siguiente a unas cuantas amigas de toda la vida en una cafetería céntrica para celebrarlo.

Analía se presentó en la cafetería céntrica con el paquete en la mano. Chocó sus mejillas con las de la amiga, mientras sus labios hacían amago de besar, y le dijo:

–Te traigo un libro, espero que te guste.

–Mujer, no tenías que haberte molestado –respondió Sagrario.

–No es ninguna molestia.

Al llegar a casa, Sagrario desenvolvió con cuidado el paquete, sin romper el papel. Al ver el libro, torció el gesto y negó un par de veces con la cabeza. A continuación, lo envolvió de nuevo. El paquete, con aquel papel tan colorido, permaneció varios días en casa de Sagrario. Pasó de una mesa a una mesita, y de ella al brazo del sofá, y del brazo al revistero, y del revistero a un estante abarrotado de pequeños búhos de cerámica. Y de allí al suelo: a un rincón del salón, junto al mueble del televisor, detrás de la puerta.

Harta de tropezarse con él, un día Sagrario se lo regaló a Evelyn Yasmín, una chica ecuatoriana que iba a limpiar su casa todos los miércoles. La chica agradeció el regalo, pero no se molestó en abrirlo, pues ya sabía que se trataba de un libro y ella leía tan despacio que solo para un folio tardaba casi una hora.

Evelyn Yasmín tenía un problema en la oficina de emigración. Se trataba de la validación de unos documentos para regularizar su situación en el país. Ella había aportado todos los papeles que le habían solicitado, pero un funcionario celoso de su deber y de su responsabilidad no hacía más que ponerle pegas. La chica ya no sabía qué hacer para tratar de solucionar el problema administrativo. Por eso, en una de sus visitas, le llevó el libro que aún seguía envuelto en aquel papel de colores tan vistosos.

–Tengo mucho gusto en obsequiarle con este libro –le dijo.

–Yo solo cumplo con mi deber –se apresuró a puntualizar el funcionario.

–Nadie lo duda, pero admítame este obsequio, por favor.

El funcionario se llamaba Cipriano Navarrete y por las tardes acudía a un gimnasio de su barrio para mantenerse en forma. En realidad eso es lo que le había movido en un principio; sin embargo, en los últimos tiempos solo acudía allí por Vanesa, una de las monitoras, de la que se había enamorado perdidamente. No le importaba que ella le diese calabazas una y otra vez, que le asegurase que no le atraía nada, que ya estaba enamorada de otra persona... Cipriano Navarrete resistía todas las negativas y todos los rapapolvos de Vanesa con estoicismo y continuaba dándole la matraca.

Se le pasó por la cabeza la idea de que tal vez Vanesa se ablandaría si le hiciese un regalo. ¿Y por qué no un libro? ¿Y por qué no ese libro tan bien envuelto que le había regalado a él esa muchacha ecuatoriana tan pesada, a la que tenía un día sí y otro también delante de la ventanilla contándole la misma historia?

De este modo, el libro pasó de las manos de Cipriano Navarrete a las de Vanesa y, la verdad, duró muy poco en su poder, ya que ella se lo regaló a su vez a Silvia, una de sus alumnas, una chica escultural de diecinueve años por la que Vanesa suspiraba desde que la vio por primera vez en el gimnasio.

–Es para ti, querida –le dijo susurrando.

–Gracias, ¡qué amable!

Vanesa intentó una caricia, pero Silvia le atrapó la mano en el aire y, aguantándole la mirada unos segundos, le dijo:

–Vanesa, no insistas: me gustan los hombres, ya te lo he dicho varias veces.

–¡Qué lástima!

Silvia regresó a casa con el libro dentro de su enorme bolso. Se había machacado mucho aquella tarde con las tablas de gimnasia y, como siempre que esto sucedía, se le había abierto el apetito. Por eso, ayudó a su madre a preparar la cena.

–He convencido a papá para que invite a cenar a toda la familia –le dijo de pronto la madre.

–¿Y eso?

–El motivo es lo de menos, hija. ¡Hay tan pocas ocasiones en las que nos juntamos todos! Además, ahora tenemos un pretexto.

–¿Cuál?

–La jubilación. Al principio, él estaba un poco reacio. Ya sabes lo raro que es. Pero ya le he convencido. Reservaremos uno de los saloncitos de Casa Tíbur. Allí se come bien y abundante, y es barato.

Y el día de la cena familiar, entre el segundo plato y el postre, Silvia se acercó a su padre, le dio dos besos y, echando mano a su bolso, sacó un paquete envuelto con un papel de vistosos colores. Decidida, se lo entregó con una sonrisa de oreja a oreja.

–Para ti, papá. Es un libro.

Telesforo Viciosa se quedó mirando fijamente aquel paquete, mientras se preguntaba obsesivamente dónde lo había visto con anterioridad. Al recordarlo, se atragantó con la croqueta que no había terminado de masticar y tuvo que beber un buen trago de vino para superar el trance.

8.

UN LIBRO SIRVE... PARA PINTAR LA CASA

A Antonio García Teijeiro,
que por fin pronto
podrá pintar su casa.

Diamantino Calveiro vivía prácticamente al final de la larguísima rua de São Bento, ya cerca del Largo do Rato. Siempre había vivido en la misma casa, desde el instante en que vino al mundo, pues se dio la circunstancia de que había nacido justamente allí, en el dormitorio principal, ya que su madre se puso de parto con tanta premura que no hubo tiempo de trasladarla al hospital. Sesenta años viviendo en la misma casa y, por consiguiente, en el mismo barrio de Lisboa. Un sitio céntrico, cómodo, bien comunicado y con todas las cosas interesantes de la ciudad a mano. Lo que llevaba peor era que su casa estuviese en una tercera planta sin ascensor, sobre todo desde que había empezado a tener problemas con el menisco de su rodilla izquierda.

Vivió con sus padres hasta que estos fallecieron, y después, como nunca se había casado ni tenido pareja formal, se quedó solo en aquella vivienda tan grande, de largos y umbríos pasillos, de techos altos y estucados, de suelos crujientes de tarima renegrida, de ventanas de madera agrietada, de radiadores de calefacción de hierro forjado con las tuberías a la vista, de azulejos verde cobre decorados a mano... Desde que murieron sus padres, solo recordaba haber hecho una reparación en la vivienda: cambiar el grifo del lavabo, y de eso hacía más de diez años. Todas sus amistades, cuando lo visitaban, le repetían lo mismo:

–No le vendría mal a tu casa una mano de pintura.

–¡Quita, quita! –rechazaba la idea Diamantino–. Toda Lisboa necesita una mano de pintura, así que mi casa está en consonancia con la ciudad.

En el fondo reconocía que sus amistades tenían razón, pero la sola idea de mover muebles, vaciar estanterías repletas de libros, quitar cuadros, tapar lámparas, desordenar todas las cosas que había ordenado durante años... le producía un desasosiego tan grande que, de inmediato, rechazaba la idea.

Además, no se sentía con la suficiente fuerza física para emprender ni siquiera ese simple lavado de cara de su casa que le reclamaban sus amistades. El menisco no era lo único que le daba la lata, y cada dos por tres tenía cólicos nefríticos producidos por cálculos en el riñón; sus digestiones duraban horas y le inflamaban el abdomen, produciéndole regüeldos asquerosos y flatulencias malolientes; tenía hemorroides, que se le hinchaban en cuanto hacía un esfuerzo; en la última colonoscopia le habían encontrado pólipos en el intestino grueso; dos quistes sebáceos, uno en cada paletilla, adornaban su espalda; una hernia inguinal y otra discal, a la altura de las vértebras lumbares, completaban sus males conocidos. Y aunque ninguno de esos males era mortal de necesidad, el conjunto le creaba gran desazón e incomodidad.

Tras las consultas médicas, la gran afición de Diamantino eran las librerías. No era un gran lector. Con el paso de los años, su afición por la lectura había disminuido notablemente. Pero al mismo tiempo que decreció el gusto por leer, aumentó el gusto por coleccionar. Y Diamantino, sobre todo desde su prejubilación en la empresa en la que había trabajado toda la vida, se había convertido en un coleccionista de libros.

–Modesto, solo modesto –solía repetir.

Acababa de adquirir un ejemplar de la primera edición de *Livro do Desassossego*, de Fernando Pessoa, de la editorial Ática, de 1982. No es que fuera una joya bibliográfica, ni mucho menos, pero le había hecho ilusión comprarlo, ya que no lo había hecho en su momento. Lo hojeaba atentamente y leía frases sueltas aquí y allá:

Cultivo el odio a la acción como una flor de estufa...
No el amor, sino los alrededores, es lo que vale la pena...
Yo nunca he hecho más que soñar...

Y de pronto, al pasar una de las hojas, con el filo, Diamantino Calveiro se cortó la yema del dedo corazón de la mano derecha. Fue un corte limpio y profundo, uno de esos cortes típicos que produce el papel. Al principio, ni se dio cuenta; pero fue la sangre la que le indicó la presencia de la herida. Se llevó el dedo a la boca y se lo chupó varias veces. Se dijo que durante un par de días tendría que aguantar la incomodidad del cortecillo en un lugar tan sensible.

A continuación, Diamantino Calveiro salió a la calle. Tenía previsto ir a ver una película a la Cinemateca Portuguesa. El cine, al contrario que la lectura, le gustaba más con los años. Aunque el lugar se encontraba cerca de su casa, por culpa de su dolorido menisco y porque se le había hecho un poco tarde, decidió tomar un taxi.

El taxista continuó por la rua de São Bento hasta el final, atravesó el Largo do Rato y se internó por la rua Alexandre Herculano. Cuando se encontraba a punto de girar a la derecha por la rua Castilho, ocurrió algo inesperado. Tres hombres armados, que salían corriendo de un centro comercial, se cruzaron de improviso. El taxista pisó el freno a fondo, pero no pudo evitar llevarse por delante a uno de ellos. Los otros dos se quedaron confundidos un momento, sin saber si reanudar su carrera o auxiliar al compañero que había rodado por el suelo.

De pronto, a toda velocidad, llegó un coche patrulla de la policía, con sus luces destellantes y la sirena puesta. Se bajaron dos agentes uniformados, también con pistola en mano, gritando:

–¡Alto! ¡Alto! ¡Policía!

Uno de los que huían ya había arrojado su arma al suelo y estaba al lado del atropellado, al que trataba de reanimar; sin embargo, el tercero, visiblemente nervioso, comenzó a disparar a diestro y siniestro. Los policías también dispararon, y aunque no le acertaron, el hombre arrojó lejos su arma y se desplomó al suelo, como si estuviera muerto. Nuevas sirenas atronaron el aire y en unos segundos la zona se llenó de policías y de ambulancias.

Diamantino Calveiro había descendido del coche justo en el preciso momento en que había comenzado el tiroteo; por eso se tumbó en el suelo, sobre los adoquines de la acera, boca abajo. Así permaneció hasta que regresó una aparente calma. Entonces, se levantó despacio y observó cómo la policía esposaba a los que parecían dos delincuentes y cómo unos sanitarios, que habían descendido de una ambulancia a toda prisa, se ocupaban del tercero, que seguía en el suelo.

Diamantino Calveiro se sorprendió mucho de la eficacia de los medios y de la celeridad de los servicios públicos de su ciudad. Con una policía y una sanidad tan eficientes, todos los ciudadanos podían sentirse tranquilos. Se enorgulleció de ser lisboeta.

Se notó el corazón muy acelerado y se palpó el pecho por encima de la camisa para tratar de contar sus latidos. Seguro que se aproximaba a cien pulsaciones. Afortunadamente, ya había pasado todo. Respiró hondo un par de veces. Buscó con la mirada al taxista, al que quería pagar la carrera hasta ese punto. La Cinemateca Portuguesa estaba muy cerca y había decidido continuar a pie. El taxista, compungido, permanecía junto al atropellado, rodeado de policías; se lamentaba constantemente y se llevaba las manos a la cabeza, mesándose los pocos cabellos que le quedaban.

En ese preciso momento, uno de los policías se fijó en Diamantino Calveiro. Frunció el ceño, arrugó la boca y corrió hacia él.

–No se mueva –le dijo, sin apartar la mirada de su pecho–. Hay un equipo sanitario aquí. Tranquilo.

Diamantino Calveiro no entendía nada. Pero el policía no se conformó con hablarle. Le agarró por los hombros y le obligó a sentarse en el suelo, primero, y a tumbarse, después.

–Tranquilo, tranquilo –le repetía.

Fue entonces cuando Diamantino Calveiro comprendió lo que había ocurrido, pues se fijó en que la yema del dedo corazón de su mano derecha, el que se había cortado con una hoja del libro, había vuelto a sangrar, seguramente debido a alguna contusión en el frenazo del coche. Al tocarse el pecho, buscándose las palpitaciones del corazón, se había manchado la camisa de sangre. Eso había confundido al policía, que pensaba que una bala del tiroteo le había alcanzado.

–No es nada –trató de explicarle–. Es un simple...

–No se mueva –el policía no estaba dispuesto a escuchar ninguna explicación–. No se mueva. Tranquilo. Tranquilo.

Y antes de que Diamantino Calveiro pudiera volver a abrir la boca, fue colocado sobre una camilla e introducido en una ambulancia, que partió a toda velocidad en dirección al hospital. Como le habían puesto una mascarilla de oxígeno, no podía hablar, y como le habían inyectado un tranquilizante, tenía que hacer esfuerzos para no dormirse.

Hay que decir que, desde el primer momento, el equipo médico del hospital se volcó con él, ya que su nombre y su fotografía habían aparecido en todos los medios de comunicación de la ciudad, e incluso del país. Al día siguiente, el jefe del equipo médico convocó una rueda de prensa para entregar a los periodistas el parte facultativo del herido. Se hablaba de las múltiples lesiones del herido en el tiroteo del atraco al centro comercial, pero, curiosamente, en ningún párrafo de aquel documento se mencionaba una herida de bala.

A los tres meses, Diamantino Calveiro salió del hospital por su propio pie. Hacía tiempo que no se sentía tan bien. Nada más traspasar la puerta acristalada del centro, en las escalinatas que le conducían hasta la calle, se detuvo y miró a un lado y a otro. Se sintió el amo de Lisboa y le entraron ganas de echar a correr y no parar hasta haber recorrido la ciudad entera. Por el contrario, abrió el sobre que le había entregado el jefe del equipo médico que lo había tratado, sacó varios papeles y comenzó a leerlos. Era, naturalmente, el parte de alta.

Leyendo aquel parte médico descubrió que, mediante litotricia, le habían disuelto los cálculos que tenía en los riñones y que tantas molestias le habían producido; le habían operado el menisco con éxito; le habían quitado los pólipos del intestino grueso mediante la técnica de laparoscopia; le habían operado de una hernia de hiato, de otra inguinal y de otras dos en la columna; le habían extirpado dos quistes sebáceos en la espalda y un tercero que le descubrieron en un hombro; le habían curado las hemorroides con láser y, de paso, le habían corregido la miopía; y ya puestos a ello, le habían quitado los juanetes, tres verrugas y las muelas del juicio.

Hacía años que Diamantino Calveiro no se sentía tan bien, y la salud física le reconfortó los ánimos. Por eso, por la tarde, se puso a buscar pintores en la guía telefónica. Pidió presupuestos y se quedó con el que le pareció mejor. Él mismo movió los muebles de sitio, vació las estanterías, quitó los cuadros, tapó las lámparas y desordenó todas las cosas que había ordenado durante años... Ya solo le falta un detalle: elegir los colores.

9.
Un libro sirve...
para hacer una película de éxito

A Jordi Sierra i Fabra,
con éxito o sin él.

La historia sucedió en Los Ángeles, California, Estados Unidos. Aunque no existen documentos escritos que lo prueben, sí hay certeza de algunos nombres y de algunos acontecimientos; pero citarlos podría dar lugar a un cúmulo de demandas y, por consiguiente, de pleitos. Y si un pleito, con abogados y jueces de por medio, comienza siempre como un engorro y termina con sobresaltos, en la ciudad de Los Ángeles la cuestión alcanza dimensiones incalculables. Sea cual fuere el motivo que inició el proceso, existen muchas posibilidades de acabar en una prisión federal, embutido en uno de esos trajes de color naranja, más propio de los repartidores de butano.

Por consiguiente, los nombres de los personajes de esta historia han sido cambiados premeditadamente, lo mismo que las referencias concretas a lugares de la ciudad. Podríamos afirmar, como tantas veces se ha hecho ya, que cualquier parecido de este relato con la realidad sería pura coincidencia; pero si lo hiciéramos faltaríamos a la verdad.

Todo empezó con una conversación en un bar de Santa Mónica, en Ocean Avenue, frente a la playa, muy cerca de donde el famoso productor cinematográfico James D. Wolf tenía un apartamento. Hablaba con Omar J. Meridian, patrón de barco, de las posibilidades de salir a pescar en su yate al día siguiente. De pronto, este último chascó los dedos y, como si hubiera recordado algo, le dijo:

–Por cierto, me han llegado noticias de una novela magnífica.

–¿La has leído?

–No. Pero me han asegurado que se podría hacer una película extraordinaria.

–¿Están libres los derechos cinematográficos?

–No lo sé.

Este simple diálogo bastó para que al día siguiente James D. Wolf se pusiera en marcha. Primero localizó la novela –sobre la que, en efecto, se decían cosas muy interesantes en las solapas del libro– y, posteriormente, a su autor.

Como el productor quería impresionar desde el primer momento al escritor, lo invitó a comer en un conocido restaurante de West Hollywood, en la famosísima Sunset Boulevard. Allí, con los postres, se cerró el trato. El productor se quedaba en exclusiva con los derechos cinematográficos de la novela y el escritor se embolsaba una importante suma de dinero, amén de conseguir que su ego se elevase por encima del Griffith Observatory, uno de los lugares más altos de la ciudad, desde cuyos miradores sobre la urbe y el Pacífico cualquier persona podría llegar a sentir la alucinación de dominar el mundo.

Nada más regresar a su oficina, con el contrato bajo el brazo, James D. Wolf descolgó el auricular de su teléfono para llamar a uno de sus mejores guionistas. Lo primero que había que hacer, por supuesto, era sacar un primer guion de aquella novela, lo que en el mundo del cine se denomina «un guion literario».

El elegido fue Jonathan H. Gossman, quien después de un tira y afloja por el dinero que debía recibir como adelanto, aceptó el encargo.

Jonathan H. Gossman tenía fama de ser uno de los mejores adaptadores de novelas al cine. Años atrás, una de sus adaptaciones había ganado un Oscar. Sin embargo, él odiaba que lo hubiesen encasillado como adaptador y que nadie se molestase en leer y, por consiguiente, valorar los guiones originales que también escribía.

Por ese motivo, Jonathan H. Gossman no se molestó ni siquiera en hojear la novela. Pensó que había llegado el momento de ser osado y vengarse de todos los que habían despreciado su talento e inventiva durante años. Y uno de ellos, por supuesto, era James D. Wolf.

A los dos días recibió una llamada telefónica del productor, quien se interesaba por la calidad de la novela.

–Muy buena –respondió Jonathan H. Gossman sin inmutarse, a pesar de que ni siquiera se había molestado en hojearla.

–¿Y cómo va el guion?

–Trabajo en él noche y día. Lo tendrás en dos semanas.

–¡Fantástico!

Jonathan H. Gossman tuvo que hacer esfuerzos para contenerse y no enviar el guion al día siguiente. Sabía que todo sería más creíble si esperaba hasta el plazo fijado.

Cuando a las dos semanas justas el productor recibió el guion, emocionado, abrazó al guionista y le felicitó por su rapidez.

–Como verás, he cambiado el título –explicó Jonathan H. Gossman–. Creo que el mío tiene más gancho.

Con el guion literario en la mano, y tras despedir afablemente al guionista, llamó al que sería ayudante de dirección de la futura película. Un hombre avezado en su oficio, con muchos años de cine a sus espaldas, Martin F. Weisslove. Sería la persona ideal para convertir el guion literario en guion cinematográfico, o técnico, la herramienta definitiva para comenzar a trabajar de firme.

Martin F. Weisslove siempre había sido aficionado a la bebida, pero durante el último año, y tras el divorcio de su sexta mujer, la afición se había convertido en adicción y se pasaba todo el tiempo abrazado a una botella. Tuvo que fingir encontrarse sereno cuando habló con James D. Wolf, pues necesitaba el encargo más que nada, ya que sus reservas económicas –y con ellas las alcohólicas– estaban prácticamente agotadas.

A los dos días, el diligente productor también le llamó por teléfono.

–¿Qué te ha parecido el guion?

–Genial –no se cortó ni un pelo Martin F. Weisslove.

–¿Y cómo va el guion técnico?

–Lo tendrás en dos semanas.

El alcoholizado ayudante de dirección, por supuesto, no se molestó en leer el guion literario. En su estado, ni siquiera tenía capacidad para ello. Solo veía la posibilidad de ganar un dinero rápido que le permitiría seguir bebiendo. Rebuscó por los cajones de su desordenada mesa de escritorio y en uno de ellos encontró lo que estaba buscando: un guion técnico perfectamente acabado de una película que nunca había llegado a rodarse, uno de esos muchos proyectos que acaban sencillamente en la papelera. Recordó que más de la mitad de los guiones que se encargaban no acababan convertidos en películas. Eran datos que todo el mundo conocía. Por consiguiente, había muchas posibilidades de que tampoco se hiciera la película del guion que le habían encargado a él y de que nadie se diera cuenta del fraude.

Con puntualidad, James D. Wolf recibió el guion cinematográfico a las dos semanas. Le llamo la atención que Martin F. Weisslove hubiese vuelto a cambiar el título. Pero todo marchaba sobre ruedas. Ya tenía entre sus manos el elemento básico para comenzar a rodar. Bueno, en realidad el elemento básico era conseguir el dinero con que financiar la película: créditos, inversiones, publicidad... Pero tampoco podía quejarse de los logros que estaba consiguiendo en ese sentido.

Le encargó la dirección al famosísimo y en repetidas ocasiones oscarizado Paul K. Tammir, un director de los llamados «de culto». Todo el mundo –comenzando por él mismo– lo veneraba. Se encontraba en el cenit de su carrera y era raro el día en que no llenase algún programa de televisión de máxima audiencia con su apabullante presencia o que no apareciese en la portada de alguna revista de actualidad.

James D. Wolf aceptó el dineral y las condiciones que le exigió el director y, tras el acuerdo, le entregó el guion acabado para que comenzase el trabajo cuanto antes.

Pero el orgullo de Paul K. Tammir era tan grande, su vanidad tan colosal, su prepotencia tan avasalladora, su egolatría tan fanática, que despreció el guion y se dispuso a rodar la película que estaba dentro de su cabeza, la que su genio le dictaba, la que su clarividencia iría desvelando.

La cosa no terminó ahí. Los actores elegidos –una diva y un divo de elevadísimo caché– se enfadaron con Paul K. Tammir, pues no soportaban que pretendiera ser más famoso que ellos y, por consiguiente, que les robase protagonismo. Por ese motivo, interpretaron sus papeles como les dio la gana, entre broncas sonadas, amenazas explícitas e incluso alguna agarrada que otra.

James D. Wolf se vio obligado a cortar el rodaje de la película tajantemente, despidiendo a todos con cajas destempladas. Se hizo cargo del metraje rodado –varias horas– y se lo entregó a un montador de su confianza, el mexicano Teo Sánchez. Este, conocedor de las trifulcas del rodaje, partió de la base de que no podría sacarse nada en claro de aquellos rollos. No obstante, y por cumplir con el trabajo y justificar lo que iban a pagarle, montó la película atropelladamente, sin pararse a pensar. Cortaba secuencias, enlazaba planos, suprimía bloques enteros, saltaba de un lado a otro... Un niño de tan solo cinco años hubiese podido mejorar su trabajo.

A los pocos meses, la película se presentó en el festival de Cannes y ganó la Palma de Oro, que es el máximo galardón que allí se entrega. Lo recogió el mismo James D. Wolf. Cuando estaba agradeciendo el galardón, la voz se le quebró ligeramente por culpa de la emoción; los ojos le brillaron más que de costumbre y tuvo que hacer un esfuerzo para contener las lágrimas. En sus palabras quiso acordarse efusivamente del trabajo que habían realizado todas las personas implicadas en la película. Incluso se permitió citar sus nombres: Jonathan H. Gossman, Martin F. Weisslove, Paul K. Tammir, los actores principales, Teo Sánchez... Antes de abandonar el estrado, recordó que no había dicho nada del autor de la novela. El problema era que no recordaba su nombre. Y el olvido, en cierto modo, hizo justicia.

Eso sí, el autor de la novela fue entrevistado al día siguiente en un conocido programa de televisión:

–¿Ha visto ya la película? –fue la primera pregunta.

–Sí, la he visto.

–¿Le parece que refleja bien su libro?

El escritor se sintió muy confundido. No sabía qué responder. Titubeó. En ese instante recordó que todas las críticas auguraban a la película un éxito rotundo.

–Sí –respondió al fin–, creo que lo refleja bien. Al menos... su esencia.

Él sabía de sobra que un debate sobre la esencia de las cosas –incluso de las novelas o de las películas– era algo irresoluble.

De manera deliberada, en este relato se omiten el nombre de la película y el título del libro, aunque, como es evidente, no coincidan.

10.

UN LIBRO SIRVE...
PARA EVITAR UN ERROR MÉDICO

A Susi,
que aquel día estaba allí.

Llegó a tener su momento de popularidad en la ciudad de Vigo, y su figura desastrada y renqueante era reconocida por muchas personas, sobre todo en las calles del centro, las más comerciales, y en la zona aledaña al puerto. Según contaba él mismo en los pocos momentos en que se encontraba sobrio, había nacido en una aldea, cerca de Mondoñedo, pero de mozo se trasladó a A Coruña y se hizo marinero. Aseguraba que había dado la vuelta al mundo por lo menos diez veces. Y escuchándolo, parecía verdad, pues se refería con soltura a puertos y lugares de los cinco continentes. Y si algo recordaba con precisión de todas las ciudades en las que había recalado eran sus vinos y licores, evidentemente, porque los había trasegado todos.

Al oírlo hablar del Cabo de Buena Esperanza, o de Vancouver, o de El Cairo, o de la Isla de Pascua, o de las Antípodas, algunos pensaban que deliraba. Reforzaba la opinión el hecho de que siempre se refiriese a esos lugares con una botella entre las manos y dando tumbos. Además, cuando hablaba, sus ojos se volvían vidriosos y errabundos, lo que contribuía a la desconfianza. Solo muy pocos se percataban de que durante esos instantes él no veía las cosas que los demás veían, sino que volvía a recrearse en las visiones de tantos y tantos lugares que se almacenaban en su cerebro, algo descompuesto y trastabillado; lugares envueltos en una nebulosa de tiempo y vapores etílicos que, a veces, como si un viento huracanado la removiese, le permitía vislumbrar jirones de su pasado, de su gloria y de su ocaso.

Su nombre de pila era Tarsicio, aunque todos le conocían por Tarsis. De los apellidos, ni él mismo tenía recuerdo. Por eso se organizó un pequeño lío cuando una noche lo ingresaron en el servicio de urgencias del hospital Xeral de la ciudad. Alguien lo había encontrado tirado en una esquina, sin conocimiento, y había dado aviso a la policía. La policía avisó a su vez a una ambulancia, que lo trasladó hasta el centro hospitalario. Allí, una diligente auxiliar administrativo trataba de rellenar las casillas de la historia clínica que se le abrió.

–¿Cuál es su nombre? –preguntaba a unos y otros.

–Es Tarsis –respondió una enfermera–. Media ciudad de Vigo lo conoce.

–¿Y cómo se apellida, y dónde vive, y cuál es su número de afiliación a la Seguridad Social...? –continuaba preguntando infructuosamente la mujer.

Salvo su nombre apocopado, nadie conocía más detalles de aquel hombre, excepto que dormía al sereno durante el verano y en la cabina de un cajero automático cuando llegaban el frío o la lluvia.

El motivo por el que Tarsis ingresó en urgencias estaba muy claro y ningún médico de los que le atendieron tuvo la menor duda. Bastaba acercarse a él –tal era el olor que desprendía– para comprobarlo. No obstante, le hicieron análisis de sangre, radiografías, y cada cierto tiempo le tomaban la tensión arterial y la temperatura, como suele ser habitual en estos casos. Y a la vista de los análisis, a la mañana siguiente, uno de los médicos decidió dejarlo ingresado.

–Te vamos a hacer algunas pruebas, Tarsis –se limitó a decirle.

–Ya me encuentro bien, doctor –el vagabundo trató de incorporarse en la cama para ratificar sus palabras.

Luego, en voz baja, el médico se dirigió a una enfermera y le dijo:

–Antes de subirlo a planta, que lo laven de arriba abajo y que lo desparasiten.

El vagabundo se fijó en una plaquita que el médico llevaba prendida en el bolsillo superior de su bata blanca y en la que se leía: DR. PEINADO. Le resultó curioso que aquel médico, que estaba completamente calvo, se apellidase así.

Al principio, Tarsis se prestó de buen grado. Se dejó lavar y desparasitar. Un peluquero le cortó el pelo y le afeitó. Con el pijama que le habían entregado, se miró en el espejo del cuarto del baño y, tras reconocerse, quedó gratamente sorprendido por el cambio que había experimentado. Pero comenzó a inquietarse cuando le llevaron la comida y descubrió que no la acompañaban con vino, sino con agua. Prácticamente no probó bocado y se pasó la tarde y parte de la noche rezongando.

A la mañana siguiente, le hicieron las pruebas que le había solicitado el doctor Peinado, y alguna de ellas resultó muy desagradable, pues le introdujeron una sonda por el pene y comenzaron a empujar y a empujar. Tarsis tenía la sensación de que con aquella sonda iban a hurgarle hasta el mismísimo cerebro. En más de una ocasión retuvo entre sus labios apretados el tropel de insultos e improperios que le salían de las entrañas, y que de buena gana hubiese obsequiado a quien de aquella forma lo estaba martirizando.

La inquietud de Tarsis habría ido en aumento de no ser por la visita de Casilda, que consiguió llegar hasta su habitación a media tarde, después de discutir a voces con medio hospital y de esquivar a los vigilantes de seguridad, que querían ponerla de patitas en la calle. Desde hacía algún tiempo, ella y él eran amigos o, más bien, compañeros de aventuras y desventuras, por no decir de borracheras gloriosas.

Casilda le entregó un libro a Tarsis y le guiñó un ojo. Él lo comprendió de inmediato y le regaló una sonrisa de agradecimiento. Lo sopesaba entre sus manos cuando entró una enfermera en la habitación para ponerle el termómetro.

–¿Te gusta leer, Tarsis? –le preguntó al verlo con el libro.

–Muchísimo.

–Es un libro muy gordo.

–Me gustan así: cuanto más gordos, mejor.

La enfermera se fijó en Casilda y arrugó las aletas de su nariz, como dando a entender que había percibido el tufo que desprendía. Abrió un poco la ventana.

–¿Es familia tuya?

–Una amiga, una buena amiga –respondió él.

Cuando se quedó solo en la habitación, Tarsis abrió aquel libro y en su interior descubrió una botella escondida entre las páginas, que habían sido cortadas con gran precisión. Echó un trago. Era orujo del bueno. Auténtico.

Solo Casilda era capaz de conseguir aquella maravilla, aunque nunca le hubiese revelado el lugar de donde lo sacaba.

Y aquel orujo le produjo efectos milagrosos, ya que Tarsis cenó de maravilla aquella noche y, por primera vez, durmió de un tirón.

Se cumplía el cuarto día de estancia en el hospital cuando el doctor Peinado entró súbitamente en su habitación, acompañado por otro médico. A Tarsis le llamó la atención la poblada cabellera del acompañante y tuvo que taparse la boca para disimular una sonrisa cuando leyó lo que ponía en la plaquita prendida sobre el bolsillo superior de su bata: DR. CALVO.

El doctor Peinado, sin apartar la mirada de su historia clínica, que sostenía entre las manos, le dijo:

–Hay que operar urgentemente. Tienes el riñón derecho destrozado, inservible. Hay que extirparlo antes de que el mal se pase al otro. El doctor Calvo y yo mismo te operaremos.

–Tranquilo, Tarsis, que con un solo riñón se puede vivir perfectamente –se limitó a añadir el doctor Calvo antes de abandonar la habitación.

Tarsis no se tomó la noticia ni bien ni mal. Vivir, morir... Hacía tiempo que había dejado de pensar en esas cosas. No le merecía la pena entregar ni un solo segundo de sus pensamientos a esos temas. De buena gana se vestiría y se marcharía del hospital y que le diesen por saco a su enfermo riñón derecho, e incluso al sano. Pero no era tan fácil escaparse de allí. A veces tenía la sensación de que, más que en el hospital Xeral, se encontraba en la cárcel de Vigo, en la que ya había estado un par de veces por motivos que ni siquiera recordaba.

¡Menos mal que cada tarde llegaba Casilda con un libro nuevo, y de los gordos! Era tal el escándalo que formaba junto a la puerta que preferían dejarla entrar para no oírla.

–Gracias, Casilda; si no fuese por ti... –Tarsis siempre se emocionaba al recibir el libro.

La enfermera no salía de su asombro.

–¿Ya te leíste el de ayer?

–Entero.

–Pues sí que lees deprisa.

El día de la operación, escondió el libro que contenía la botella llena de aquel orujo maravilloso, bajo la almohada de su cama. Nunca antes había entrado en un quirófano y no sabía lo que allí podría encontrarse. Había oído hablar de la anestesia y pensó que no podría existir mejor anestesia que aquel líquido que te purificaba las entrañas y te entonaba todos los sentidos a medida que lo ibas engullendo.

Ese mismo día, poco tiempo antes de la hora fijada para la operación de Tarsis, se produjo una equivocación tremenda en el hospital. Una persona –en este relato no desvelaremos su nombre y condición– cometió un error imperdonable y confundió el riñón de Tarsis. Por ese motivo, en el informe clínico que llegó al quirófano se decía, textualmente, que el riñón enfermo que había que extirpar era el izquierdo y el sano el derecho, cuando en realidad era al contrario.

Con la anestesia, Tarsis se quedó profundamente dormido. Y en el momento en que estaban colocándolo en la postura correcta para la operación, una enfermera descubrió el libro.

–Un libro –comentó mientras lo tiraba sobre una mesa auxiliar.

El doctor Peinado lo cogió con curiosidad y lo abrió. Su sorpresa fue mayúscula. Llamó al doctor Calvo y los dos se asombraron del hallazgo. Con meticulosidad, como si de un acto quirúrgico se tratase, extrajeron la botella del libro y la examinaron al trasluz.

–¿Qué crees que será?

–No lo sé, aunque puedo imaginármelo.

–Ábrelo.

Quitaron el tapón a la botella y la acercaron a sus narices. Luego se miraron y afirmaron al mismo tiempo con la cabeza, como si el diagnóstico no ofreciese duda alguna.

–Orujo –exclamaron a la vez.

–Y parece bueno.

Volvieron a olerlo y, mientras lo hacían, arrugaban la frente como si los efluvios de aquel licor les llegasen hasta el cerebro.

–Es casero y de algún pueblo de Orense, yo creo que de la zona de Celanova –afirmó el doctor Peinado con seguridad, como si fuera un entendido sobre la materia.

Pero el doctor Calvo no parecía estar de acuerdo. Lo olía insistentemente.

–Te equivocas –le replicó–. El aroma de este orujo no es de Orense, sino de Lugo. Me recuerda uno que tomé hace unos meses en una aldea de los Montes do Testeiro, hecho por un aguardenteiro del lugar, completamente casero.

–Te digo que no.

–Y yo te digo que sí.

Para ratificar lo que decía, el doctor Peinado se llevó la botella a la boca y echó un trago.

–Sí, de Orense –afirmó acompañándose con un gesto de su cabeza–, y de los mejores.

El doctor Calvo también echó un trago.

–Monumental, sí; pero de Lugo.

Y como no se ponían de acuerdo, continuaron bebiendo, tratando de descubrir de este modo la extraña denominación de origen de aquel orujo. Cuando se dieron cuenta, se habían trincado la botella entera.

–Qué más da que sea de Orense, de Lugo o de Jerez de la Frontera –comentó el doctor Peinado, con una sonrisa que le llegaba de oreja a oreja, cuando apuró la última gota, que dejó caer sobre su lengua–. Jamás había probado algo tan rico.

–Ni yo tampoco –confirmó el doctor Calvo, con un brillo en sus ojos que le daba un aire parecido al de esos santos que se venden en las tiendas de los chinos y que se iluminan por dentro.

El anestesista, que se había mantenido al margen porque era abstemio y estaba leyendo una revista del corazón, les informó de que hacía un rato que todo estaba listo para comenzar la intervención.

El doctor Peinado y el doctor Calvo, visiblemente borrachos, ante la perplejidad de su equipo, que no sabía cómo reaccionar, se acercaron a la mesa de operaciones y cogieron la historia clínica de Tarsis. Leyeron todo lo que allí estaba escrito y, por supuesto, no pasaron por alto el párrafo equivocado.

A pesar de la cogorza del doctor Peinado y del doctor Calvo, la operación fue un éxito total, pues los médicos, por efecto de aquel orujo de Casilda que no se sabía si era de Orense o de Lugo, se confundieron de riñón y, en vez de extirpar el izquierdo, como decía equivocadamente el informe clínico, le extirparon el derecho.

El error los llevó directamente al triunfo y al reconocimiento profesional, pues se descubrió el fallo una vez concluida la operación, lo que motivó que el director del hospital los llamase en privado a su despacho para darles las gracias por su gran profesionalidad. El doctor Peinado y el doctor Calvo se lavaron los dientes y la cara antes de visitar al director. Al día siguiente se convocó un acto público, con la presencia de los medios de comunicación de la ciudad, para que todos los vigueses y viguesas supieran que, en el tema de la salud, como reza el eslogan, estaban en buenas manos.

Según una de las enfermeras, presente en la operación, cuando Tarsis abrió los ojos y se recuperó de los efectos de la anestesia, palpó la almohada de su cama y preguntó sorprendido:

–¿Dónde está mi libro?

11.

UN LIBRO SIRVE...
PARA QUE TE ERIJAN UNA ESTATUA

A nadie.
Para que ninguna persona
se dé por aludida.

Lo llamaremos, para entendernos, El Lugar Exacto. Y desde el comienzo de este relato advertiré que es muy difícil, prácticamente imposible, llegar a El Lugar Exacto. Además de las dificultades orográficas y climatológicas, los propios habitantes de la zona evitan hablar de ello, e incluso dan pistas equivocadas para confundir a los viajeros curiosos y a las catervas de turistas. Ellos son conscientes de las mofas y burlas que suscitaría la estatua y, por consiguiente, de la incomprensión de su gesto y de su homenaje.

Con relativa facilidad, y desde cualquier parte del mundo, podríamos llegar a Oslo, la capital de Noruega, y disfrutar de esa ciudad fundida con la naturaleza: ver sus museos, pasear por su parques, admirar los edificios singulares. Pero aún nos encontraríamos lejos de El Lugar Exacto. Podríamos continuar por los famosos fiordos, esos que aparecen fotografiados en todos los folletos turísticos, Geirangerfjord o Naeroyfjord, donde podríamos pasar unas vacaciones inolvidables; o por ciudades como Roros, Trondheim o Bodo. Siempre hacia el Norte. Podríamos alcanzar hasta el mismísimo Cabo Norte y abrirnos paso entre el gentío para ver la interminable puesta de sol. Pero incluso en este punto tan legendario no habríamos llegado a El Lugar Exacto, aunque es cierto que nos encontraríamos mucho más cerca.

Mi compromiso con los habitantes de la zona me impide dar más datos concretos. No faltaré a mi palabra y, por consiguiente, ni siquiera escribiré los nombres de los lugares cercanos, ni descubriré los itinerarios, ni tan siquiera citaré el nombre de personas que allí habitan. Prescindiremos de mapas, de coordenadas y hasta de la posición de los astros en el firmamento. Me limitaré a cumplir la voluntad de la gente que vive en El Lugar Exacto, donde se erige la estatua, pétrea y colosal, en el centro de su plaza más importante, que es la única que realmente puede denominarse plaza, pues las demás no pasan de ser ensanchamientos de las cuatro calles que ordenan el poblado, uno de los más fríos del planeta.

En este lugar tan inhóspito vivía Olsen –no hace falta explicar que su verdadero nombre no era Olsen–, un hombre de mediana edad, que había pasado allí toda su vida y que no tenía pretensiones de moverse durante el resto de su existencia, pues lo que había visto fuera de su pueblo, en las escasas ocasiones en que había viajado, no le había parecido más interesante, sino todo lo contrario.

Olsen, como el resto de los habitantes del pueblo, vivía de los recursos de la zona, que no eran muchos: pieles, pesca y poco más. Además, por la dureza del clima, durante largas épocas del año prácticamente no podían trabajar. Los habitantes entretenían el tiempo con tertulias interminables acompañadas de comida y, por supuesto, de unos fortísimos licores, tan necesarios para combatir el frío como para reconfortar el ánimo. Por ese motivo, todos los habitantes del pueblo estaban convencidos de que poseían el récord mundial de duración de una tertulia y, por ello, tendrían derecho a figurar en el *Libro Guinness* si alguien se molestase en hacer las gestiones pertinentes.

Eran famosas algunas tertulias, a las que todos se referían a la menor oportunidad, como la que se hizo en casa de Mortensen, que comenzó un cuatro de diciembre y terminó con el año nuevo. O la que tuvo lugar en casa de Sorensen, que empezó un doce de enero y concluyó a mediados de marzo, y solo porque llegaba la temporada de caza, no porque se hubiesen agotado los temas de debate.

Olsen, además de asistir a estas tertulias y de participar activamente en ellas, llenaba su ocio con la lectura. Y los libros le venían muy bien porque le proporcionaban argumentos para discutir con el resto de los vecinos. En ellos encontraba temas, conflictos, sentimientos, emociones que podía plantear en cualquier debate. Por eso exhibía con orgullo su pequeña biblioteca, que consistía en dos estantes abarrotados de libros. Y si no tenía más libros era por la dificultad de conseguirlos, pues en el pequeño pueblo no había librería ni nada que se le pareciese. O se aprovechaba una visita a una ciudad para comprarlos o, de lo contrario, había que recurrir a la compra por correo, que era lenta y siempre llena de contratiempos: a veces se confundían de libro; en otras ocasiones se perdía por el largo camino y nadie respondía de él; casi siempre llegaba deteriorado.

La historia de la famosa estatua de El Lugar Exacto comenzó precisamente por el pedido de un libro a través del correo. Olsen había leído una referencia sobre aquel libro que le llamó la atención, además del título, y que le pareció muy sugestiva. Del autor no tenía noticia alguna. Hizo el pedido correspondiente y se armó de paciencia, pues sabía que tardaría en llegar.

La fecha nadie la recuerda. Prácticamente pregunté a todos los habitantes del pueblo y ninguno supo decírmela. Todos coincidían, eso sí, en que fue en invierno, en pleno invierno. Ahora, desde la distancia, pienso que tal vez los habitantes de El Lugar Exacto también se pusieron de acuerdo para evitar decir la fecha. ¡Hasta ahí llega su celo y su pudor! Todos son conscientes de las chanzas y bromas de mal gusto que podría desencadenar la estatua y no quieren pasar a la historia por ese motivo. En realidad, no pretenden pasar a la historia por ningún motivo, ni escultórico ni de otro tipo.

Tampoco se sabe el tiempo que Olsen tuvo que esperar hasta que le llegó el libro. Parece ser que llegó en un helicóptero, pues toda la zona estaba recubierta de hielo, aprovechando un par de días de bonanza entre varios temporales de nieve y viento huracanado. Se dejó una saca con el correo para todo el pueblo en el ayuntamiento, que en realidad era una habitación de la casa de Jutasen, el carpintero y alcalde, y allí, entre cartas y otros paquetes, se encontraba su ejemplar.

Olsen lo recogió enseguida. Al abrir el paquete quedó gratamente sorprendido, pues el libro era el correcto y, además, no había sufrido ningún deterioro con el transporte. Se lo mostró a su mujer –pues, aunque aún no lo hayamos dicho, Olsen estaba casado– y comenzó a leerlo enseguida.

Y en este preciso momento de un indeterminado día de invierno, comenzó todo. Podríamos decir que en ese instante se colocó la primera piedra de la monumental estatua.

La mujer de Olsen se sorprendió al ver a su marido ensimismado en la lectura de aquel libro, del que no levantaba la vista ni un momento. A duras penas consiguió que lo cerrase durante unos minutos para cenar.

–¿Te gusta? –se limitó a preguntarle mientras engullía una sopa caliente con tropezones de pescado.

–Muchísimo –respondió Olsen.

Y tras la cena, Olsen volvió a embeberse en la lectura. La mujer le habló en varias ocasiones, pero en ninguna de ellas obtuvo respuesta, pues su marido parecía encontrarse en otro mundo, un mundo que sin duda se hallaba entre las páginas de aquel libro.

A la hora habitual de irse a la cama, marido y mujer se pusieron de pie al mismo tiempo, pero este hecho –está demostrado– fue una simple casualidad. Ella, como de costumbre, se levantó para irse a dormir, pero él se levantó porque sintió un retortijón de tripas. Por consiguiente, ella se dirigió al dormitorio y él al exterior de la casa.

–¿No vienes a dormir? –le preguntó ella.

–Antes necesito cagar –respondió él.

Conviene aclarar en este punto que todas las tuberías, desagües y alcantarillas de El Lugar Exacto, debido a las fortísimas heladas, se hallaban bloqueadas. Por ese motivo, usar los inodoros resultaba antihigiénico y, también por ese motivo, todos los habitantes salían a hacer sus necesidades al exterior. Buscaban un lugar a cierta distancia del pueblo, lo hacían y regresaban a la carrera.

El libro lo guarda el ayuntamiento del pueblo en la caja fuerte. A pesar de mis múltiples gestiones, súplicas y juramentos de que no revelaría el secreto a nadie, no me permitieron verlo. Tampoco conseguí que me proporcionaran datos tan sencillos e inocuos como el título o el nombre de su autor. El libro de Olsen se ha convertido en el secreto mejor guardado de El Lugar Exacto.

La tragedia de Olsen fue que salió a hacer sus necesidades en compañía del libro, de aquel que acababa de recibir por correo y de cuya lectura se había prendado por completo. Se retiró de su casa a una distancia prudencial, se arremangó las prendas de abrigo, se bajó los pantalones y los calzones de felpa y se acuclilló sobre el suelo helado. En esta postura, apoyando sus antebrazos sobre las rodillas, abrió el libro y continuó leyendo. La claridad de la nieve y el lejano resplandor de una farola le proporcionaban la luz suficiente.

Las páginas que leyó volvieron a atraparlo por completo, de tal manera que Olsen se olvidó de todo: dónde se encontraba, qué estaba haciendo, la hora que era y, sobre todo, la temperatura que marcaban los termómetros: cuarenta grados centígrados bajo cero.

Dicen que la muerte por congelación es dulce. Un rictus placentero suele aparecer en los rostros de los que fallecen de esta forma. Serenidad. Laxitud. Calma. La mirada limpia, y los labios apuntando una sonrisa. Así es como encontraron a Olsen los vecinos del pueblo a la mañana siguiente, completamente congelado, sosteniendo con firmeza el libro abierto. Costó mucho trabajo desprenderlo del sitio, pues, literalmente, se había fundido con el suelo. Resultó imposible enderezarlo, aunque le aplicaron friegas de agua caliente y le colocaron, como dos guardaespaldas, sendas estufas encendidas a sus costados. Finalmente tuvieron que construirle un ataúd cuadrado, de grandes proporciones, y cavar un hoyo de dimensiones considerables en el pequeño cementerio del pueblo. El ayuntamiento cedió una máquina excavadora para poder perforar la capa de hielo.

Fue después del entierro cuando los habitantes de El Lugar Exacto, todos a una, decidieron erigir una estatua a Olsen. Y pensaron, quizá ingenuamente, que esta debía representar los últimos momentos de su vida, pues de este modo sería una alabanza constante a la cultura, representada por aquel libro que había provocado tales efectos.

Cultura hasta la muerte.

Ese lema contundente debía figurar en el pedestal de la estatua, labrado en el mármol con letras grandes y mayúsculas, para que todos pudiesen verlo con claridad.

Y así se hizo, por suscripción popular. No hubo un solo vecino de El Lugar Exacto que se negase a contribuir. Cuando se recaudó todo el dinero, se llamó a un escultor –el más famoso de esas latitudes– y se le hizo el encargo de la estatua. Se le entregaron algunas fotografías de Olsen para que le sacase bien el parecido, tanto de cara como de cuerpo, y se le indicó con detalle la posición en la que debería estar, que era la que tenía cuando fue descubierto tan helado como un carámbano.

El día en que el famoso escultor quitó la tela que la recubría y descubrió la estatua, todos quedaron boquiabiertos.

«¡Es él! ¡Es él! ¡Es él!». Eran las únicas palabras que se escuchaban, acompañadas con ostensibles gestos de afirmación.

Era tal el realismo de la escultura y, por consiguiente, de la escena, que todos los habitantes del poblado, con su alcalde a la cabeza, se dieron cuenta de inmediato de que solo ellos podían comprender aquella singular obra de arte. Por eso, ese mismo día tomaron la resolución de mantenerla en secreto, a salvo de curiosos viajeros y de catervas de turistas. No hizo falta firmar un documento, ni promulgar un edicto, ni siquiera formular una promesa. Después de la pequeña fiesta que siguió a la inauguración, los habitantes de El Lugar Exacto regresaron a sus casas sabiendo lo que tenían que hacer de ahí en adelante.

Yo puedo dar fe de todo ello porque me encontraba durante aquellos días en El Lugar Exacto. No me está permitido revelar el motivo de mi visita a tan remoto paraje.

12.

Un libro sirve... para ganar un premio

A Jorge,
que persigue un premio,
entre otras cosas,

Luciano Palanca vivía plácida y tediosamente en la ciudad de Palencia, pero no se sentía plenamente feliz por culpa de un sueño que había albergado desde su juventud y que, aunque lo había intentado infinidad de veces, no había conseguido hacer realidad: publicar un libro.

Era un hombre perseverante y, si cabe, hasta pesado; había logrado que todos sus familiares, amigos, conocidos, compañeros de trabajo, vecinos de la urbanización y del gimnasio leyeran algunos de sus escritos. Y no solo eso: la confianza que tenía en sí mismo como escritor le había hecho asaltar en los soportales de la calle Mayor al crítico literario del *Diario Palentino*. En un primer momento, asustado por la acometida inesperada, el crítico, un hombre ya de cierta edad y de pocos recursos físicos debido a su obesidad extrema, retrocedió asustado.

Luciano Palanca, sin dejarlo recuperarse, sacó del bolsillo interior de su gabardina unos cuantos folios encuadernados con espiral de alambre y prácticamente se los colocó sobre su oronda barriga.

–No le defraudará –se limitó a decirle.

–¡Pero qué hace usted! –protestó el crítico.

Como no vamos a extendernos en esta porfía, baste decir que finalmente el crítico también leyó aquellos papeles y, no se sabe bien si por temor a la insistencia o a un arranque de ira de Luciano Palanca, le dijo esa frase que tanto desespera a los escritores:

–No está mal.

–¿Y...? –Luciano Palanca se mordía las uñas de ansiedad.

–Pero no está en mi mano hacer nada más.

–Pero...

–Ya se lo he dicho: no está mal.

Como tenía por norma de vida no rechazar invitación alguna, viniese de donde viniese, el crítico aceptó ir a la cafetería Bianco, junto a la plaza de San Pablo, donde se despachó en un abrir y cerrar de ojos una taza de café con leche y una ensaimada. A continuación, alegando obligaciones urgentes, se alejó de allí, con la certeza de que se había cruzado en su camino un exaltado que había perdido el juicio. Maldijo la ciudad pequeña, donde siempre había vivido y de donde nunca quiso salir, pues pensó que tarde o temprano sería inevitable volver a toparse con aquel tipo.

Sin embargo, Luciano Palanca se sintió crecido con las palabras del crítico, es decir, con las tres únicas palabras que consiguió que pronunciase sobre su literatura. «No está mal». Era poco y mucho al mismo tiempo. Por eso decidió enviar una de sus novelas a un concurso que días antes había visto anunciado precisamente en las páginas del *Diario Palentino*.

El premio lo convocaba el ayuntamiento de un pueblo grande de Valladolid, por lo tanto vecino, y era en verdad sorprendente por su «generosidad». No es que el premio fuese de gran cuantía, pero se componía, a su vez, de tantas modalidades, que parecía imposible no ganar alguna. Había un primer premio, de ámbito nacional, que consistía en seis mil euros y en la edición de la obra ganadora; un segundo premio, de ámbito local, para escritores de Castilla y León, al que evidentemente también podía concurrir Luciano Palanca, dotado con tres mil euros; en tercer lugar, un accésit, consistente en un fin de semana en un parador de la comunidad autónoma, y por último, veinte premios de consolación, consistentes en una excursión en autocar a Urueña, la llamada villa del libro, con almuerzo incluido en el restaurante Los Lagares.

Luciano Palanca hizo tres copias de su novela y las encuadernó sin escatimar gastos, a pesar de que las bases del premio no exigían ninguna presentación especial o artística. Cuando sostuvo los tres ejemplares en sus manos, le parecieron unos libros muy bellos, sin duda reflejo de lo que contenían. Con ellos en la mano se dirigió a su casa, mirándolos constantemente. Solo se detuvo un momento para entrar en una administración de lotería.

Ganar un premio se había convertido en una obsesión para Luciano Palanca y, aunque su sueño consistía en que el premio fuese literario, no podía evitar jugar a la lotería, a las quinielas, a la bonoloto y a todo tipo de juegos de azar. Y como le sucedía con su faceta literaria, con el resto tampoco había ganado nada.

Compró un décimo y guardó el billete entre las páginas de uno de los tomos encuadernados. Estaba abonado al mismo número y llevaba años comprándolo. Era la fecha de su nacimiento: 31068. Había nacido el día 3 del mes 10 del año 68.

Empaquetar los tres tomos, incluyendo el sobre correspondiente con la plica, pegarlo con cinta adhesiva, poner la dirección con letras mayúsculas y llevarlo hasta la oficina de correos, fue un auténtico gozo para Luciano Palanca. Estaba seguro de que en esta ocasión ganaría un premio. Era una corazonada, una intuición, un barrunto... Algo dentro de él se lo decía.

Regresó a casa más esperanzado que nunca y esta actitud le hizo ponerse a escribir de manera frenética. Ahora que estaba seguro de que ganaría el primer premio de su carrera, no debía bajar la guardia, sino todo lo contrario. Se pasó casi toda la noche en vela, bebiendo café para alejar el sueño, pegado a la pantalla de su ordenador.

Sabía Luciano Palanca que debería tener paciencia, pues el fallo del premio tardaría unos cuantos meses. Se dijo a sí mismo que nada ni nadie lo alteraría durante la espera, que aprovecharía sobre todo para avanzar en su nuevo libro, que ya tenía organizado en su cabeza y plasmado en unos cuantos esquemas y resúmenes. Sin embargo, esa calma que se había prometido saltó en pedazos al día siguiente, cuando por la televisión escuchó el número premiado de la lotería.

31068.

Lo dijo una locutora con una sonrisa en sus labios al tiempo que dicho número salía sobreimpresionado en la pantalla.

Luciano Palanca se quedó sin respiración durante unos segundos, y hasta llegó a pensar que se le había parado el corazón. Luego, se levantó del sillón donde se encontraba, y aunque le dieron ganas de gritar, la voz no le salía de la garganta. Finalmente, corrió hacia el perchero donde había colgado su chaqueta. Sacó su cartera y buscó el billete de la lotería. Estaban sus dos tarjetas de crédito, algo de dinero, los carnés de identidad y conducir, la tarjeta sanitaria, la del supermercado, la foto de su exmujer... Pero el billete de lotería no aparecía por ninguna parte.

Pensó que estaría en algún bolsillo de su chaqueta y la registró minuciosamente, sin éxito. Luego siguió por su escritorio, pues pensó que lo habría dejado por allí, sobre la mesa o en algún cajón. Finalmente, al borde de la desesperación, buscó por toda su casa, sin dejar un solo rincón sin mirar, y no lo hizo una vez, sino varias. Fuera de sí, salió a la calle y miró por las aceras, por las papeleras, por los contenedores de basura... Parecía un loco en medio de un ataque, maldiciendo entre dientes y dándose puñetazos en el pecho y en la cabeza. En ese estado lo vio el orondo crítico del *Diario Palentino,* quien se cruzó de inmediato de acera para no toparse con él. Se dijo que su primera intuición había resultado cierta y aquel individuo estaba como una cabra.

En ningún momento Luciano Palanca recordó que había metido el billete de lotería en uno de los ejemplares de la novela que había enviado al premio literario.

Cuando semanas después se cerró el plazo de admisión en el ayuntamiento del pueblo grande de Valladolid y se puso en marcha el mecanismo del concurso, los originales fueron distribuidos entre los distintos miembros del jurado, que eran doce. En contra de otros, el jurado de este premio se tomaba muy en serio su trabajo y todos sus miembros leían las obras presentadas. Por ese motivo, es seguro que al menos un tercio del jurado, es decir, cuatro personas, leyó el original en el que se encontraba el billete de lotería. Estas cuatro personas jamás pensaron que se tratase de un billete premiado y lo utilizaron como marcapáginas mientras leían la obra.

La novela de Luciano Palanca no ganó ningún premio, ni tan siquiera uno de los veinte de consolación. Cuando se enteró de la noticia no se inmutó, pues hacía meses –desde el día en que su número de lotería había resultado agraciado– que vivía en la desolación absoluta.

El ayuntamiento del pueblo grande de Valladolid convocante del premio, una vez fallado el mismo, firmadas las actas por todos los miembros del jurado y difundida la noticia en la prensa local, procedió, como era habitual, a destruir los originales presentados, pues devolvérselos a sus autores supondría un gasto de transporte considerable. Por eso llamaron a Jacinto Peropadre, uno de los ordenanzas de la casa consistorial, el más veterano, que se encargaba, además, del manejo de la vieja calefacción de carbón.

–Jacinto –le dijo la concejala de Cultura, que había sido miembro del jurado–, ya puedes quemar todo esto en la caldera.

«Todo esto» eran doscientas dieciséis novelas, que había que multiplicar por tres, pues eran tres ejemplares los que se habían pedido en las bases. Seiscientos cuarenta y ocho volúmenes para alimentar la calefacción.

Jacinto Peropadre tardó dos días en bajar todos aquellos volúmenes hasta el cuarto de calderas. Evidentemente, no podía quemarlos todos a la vez, sino poco a poco, por lo que el proceso duraría varios días, incluso varias semanas. Al ordenanza, antes de arrojarlos al fuego, le gustaba abrir aquellos libros y echar un vistazo. Solía leer una línea o dos, a veces hasta un párrafo entero. Siempre acababa negando con la cabeza y esbozando una sonrisilla malévola.

Un día abrió uno de aquellos volúmenes y, mientras pasaba algunas páginas, se dio cuenta de que algo cayó al suelo. Era algo que debía pesar muy poco, pues lo hizo balanceándose y sin hacer ruido. Jacinto Peropadre no se inmutó, leyó las dos o tres líneas de rigor, negó con la cabeza, sonrió y arrojó el volumen al fuego. Solo entonces dirigió su mirada hacia el suelo y se dio cuenta de que lo que había caído del libro era un billete de lotería. Se agachó a recogerlo y lo miró. Era de un sorteo antiguo. No obstante, se lo guardó en el bolsillo de su pantalón con intención de mirarlo.

–No sería la primera vez que alguien tira un billete premiado sin darse cuenta –masculló entre dientes.

Al terminar su jornada de trabajo, Jacinto Peropadre entró en el vestuario donde se cambiaba de ropa. Dejaba allí su uniforme de conserje y se ponía la ropa de calle. Y mientras colgaba su uniforme en una percha, el billete de lotería se salió del bolsillo y cayó justo detrás de un banco que estaba junto a la pared, quedándose oculto tras una de sus patas. Antes de irse, Jacinto Peropadre recordó el billete y lo estuvo buscando; pero al no encontrarlo, se encogió de hombros y se marchó sin darle mayor importancia al asunto.

A media tarde llegaban al ayuntamiento las empleadas de la limpieza. Una de ellas, Elisenda Morcillo, se encargaba de limpiar el sótano y parte de la planta baja, donde se encontraba el vestuario que utilizaba Jacinto Peropadre. Para barrer mejor, movía los bancos de sitio, y fue así como encontró el billete de lotería. Se agachó a recogerlo e hizo un gesto de desprecio al comprobar que era de un sorteo antiguo. No obstante, no lo tiró, sino que se lo guardó en el bolsillo de la bata y continuó con su tarea, como si nada.

Finalizado su trabajo, regresó a casa y, como la bata tenía algunos manchones, decidió echarla a lavar. Antes, registró los bolsillos, donde encontró el décimo de lotería. Volvió a mirarlo con indiferencia y lo dejó sobre la mesa del salón. Su hija María Jesús se encontraba tumbada en el sofá leyendo un libro muy grueso de un autor sueco.

–Ya podías haber preparado la cena –le reprochó la madre.

–Es que este libro me ha enganchado un montón –respondió la hija, que de inmediato se incorporó con intención de ponerse de pie–. Pero ahora mismo la preparo.

María Jesús tenía un dedo metido entre las páginas de aquel tocho, sin duda para no perder la página por la que iba. Miró por el sofá en busca del marcapáginas que estaba utilizando, pero no lo encontró. Fue entonces cuando vio el billete de lotería sobre la mesa.

–¿Puedo cogerlo? –preguntó a su madre.

–Sí, lo encontré tirado. Es de un sorteo antiguo.

Y aquel billete de lotería volvió a estar dentro de un libro; en esta ocasión, de un libro editado y famoso en todo el mundo.

María Jesús estudiaba enfermería en la Escuela Universitaria de San Telmo, en Palencia, y por este motivo pasaba todo el curso escolar, salvo fines de semana y algunas fiestas, en esta ciudad, donde compartía piso con otras compañeras. Al día siguiente, en el coche de línea, tenía previsto regresar.

Aunque el autobús era viejo y dentro había escasa luz, María Jesús permaneció todo el viaje leyendo y, por supuesto, sirviéndose del billete de lotería como marcapáginas. No le quedaba mucho para terminarlo, y eso le hacía leer con más ganas. Por un lado, quería descubrir el final de aquella historia que tanto la había enganchado; por otro lado, deseaba poder dedicar todo su tiempo libre a estudiar, pues tenía un importante examen a la vuelta de la esquina, y ese libro no se lo estaba permitiendo.

Lo acabó finalmente en otro autobús, esta vez urbano, el que la llevaba desde su piso compartido en las afueras de la ciudad hasta el hospital donde estaba haciendo las prácticas. Cuando cerró el libro, no pudo evitar un ruido extraño de su boca, que era algo así como un suspiro y un bufido juntos. Luego lo apretó contra su pecho, que era la señal más evidente de que le había gustado mucho.

Con el libro entre las manos llegó hasta el vestuario del hospital. Allí se cambió de ropa y se puso su bata de enfermera. Cuando iba a meter el libro en su bolso para guardarlo en el armario taquilla, reparó en un pico del billete de lotería, que sobresalía entre las páginas. Lo sacó y se lo metió en el bolsillo superior de la bata, junto a un bloc de notas y un bolígrafo. Y rápidamente se marchó al servicio de urología, donde permanecería toda la mañana, en compañía de otros estudiantes, con el doctor Leandro Tresmares.

El médico, uno de los más reconocidos urólogos de la ciudad, le encargó precisamente a María Jesús que hiciese la ficha médica a un paciente que aguardaba tras un biombo a ser atendido. A ella le pareció una deferencia importante y, de inmediato, cogió los impresos para abrir la historia clínica del paciente. Con todos los papeles en la mano, pasó al otro lado del biombo y se encontró a un hombre tumbado boca arriba en una camilla, desnudo de cintura para abajo. María Jesús se sintió cohibida en un primer momento, pero se rehízo y, evitando mirar la mitad inferior del cuerpo de aquel hombre, se acercó a él y comenzó a preguntarle.

–¿Cuál es su nombre?

–Luciano Palanca –respondió el paciente.

Luciano Palanca se sentía muy incómodo en aquella consulta, a la que había acudido porque sentía un escozor al orinar. Llevaba un buen rato tumbado en la camilla, medio desnudo, y nadie le atendía. Y ahora una mocosa, que no aparentaba ni veinte años, se dedicaba a hacerle preguntas y más preguntas.

Pero Luciano Palanca se sintió aún más incómodo cuando el doctor Leandro Tresmares apartó el biombo y se vio rodeado por un grupo de estudiantes, que le miraban boquiabiertos.

–Por lo general, las infecciones urinarias son causadas por bacterias –comenzó a hablar el médico, señalando con su dedo índice los genitales de Luciano Palanca–. Los síntomas son ardor en la micción, necesidad frecuente de orinar, orina turbia o sanguinolenta, escalofríos... ¿Están tomando nota? Se pueden hacer varias pruebas para determinar el grado de la infección. Nosotros utilizaremos hoy el cistoscopio, que es un tubo delgado con lentes que se introduce a través de la uretra para llegar a las vías urinarias del paciente.

Aunque Luciano Palanca no había sentido escalofríos en ningún momento, al oír las palabras del médico sintió uno tan grande que hizo moverse la camilla entera. Le entraron ganas de levantarse de un salto y de echar a correr, aunque fuera con el culo al aire. Pero no lo hizo sino que, por el contrario, aguantó estoicamente aquella prueba y la lección del doctor Leandro Tresmares.

Cuando terminaron, el médico volvió a dirigirse a María Jesús y le encargó que ayudase al paciente a levantarse, pues tal vez estuviese un poco mareado. Ella obedeció gentilmente, pues ya se le había pasado el pudor de los primeros momentos. Agarró a Luciano Palanca de los brazos y le ayudó a bajar de la camilla, donde tanto tiempo había permanecido inmóvil. Después le acercó su ropa y se agachó para coger sus zapatos, que se habían quedado bajo una silla. Fue en ese preciso momento cuando el billete de lotería se salió del bolsillo superior de su bata y cayó al suelo.

–Me vestiré yo solo, señorita –dijo Luciano Palanca un poco molesto–. Me encuentro perfectamente.

María Jesús se limitó a acercarle los zapatos y le dejó solo, colocando el biombo para preservar su intimidad, tan menospreciada en aquella consulta. No se había percatado de que el billete de lotería había caído al suelo.

Luciano Palanca se vistió a toda prisa, pues deseaba salir de aquel hospital cuanto antes. Le urgía respirar el aire del exterior.

Cuando se anudaba a toda prisa los cordones de los zapatos lo vio. Era un billete de lotería que estaba en el suelo. Se acercó y lo cogió. Lo miró con curiosidad y sintió que su corazón comenzaba a galopar al ver el número de aquel billete: 31068.

No podía dar crédito a lo que estaba viendo. Entonces miró la fecha del sorteo y, al descubrirla, recordó que era la misma en la que había perdido su décimo, la misma en la que su número de toda la vida había resultado agraciado con el primer premio.

Durante un instante pensó que iba a sufrir un infarto de miocardio y que moriría sin remedio, paradójicamente, dentro de un hospital. Quizá por eso, echó a correr como un loco, con el billete bien agarrado entre sus dedos. Recorrió largos pasillos, descendió escaleras, atravesó vestíbulos enormes y salió a la calle, donde poco a poco fue tranquilizándose.

Al día siguiente, Luciano Palanca pudo cobrar el importe del premio que había ganado. El sueño de su vida había comenzado a hacerse realidad. Estaba convencido de que muy pronto ganaría otro premio, que en esta ocasión sería literario.

Epílogo

Además de todo lo contado en las páginas que anteceden, un libro sirve para leer. Pero esta afirmación nos llevaría de inmediato a una nueva pregunta: ¿para qué sirve la lectura? Y no era intención del autor responder aquí a semejante cuestión.

ALFREDO
GÓMEZ CERDÁ

Nací en Madrid, en casa de mi abuela Dolores, en el verano de 1951, a la hora de comer. ¡Qué inoportuno! Como no tenían una cuna a mano, me metieron en un cesto de la ropa. Entre aquellos mimbres dormí mi primera siesta.

Pero creo que hasta que no cumplí los quince años y comencé a ir a un instituto situado muy cerca de la Plaza de España, no comprendí que realmente vivía en Madrid.

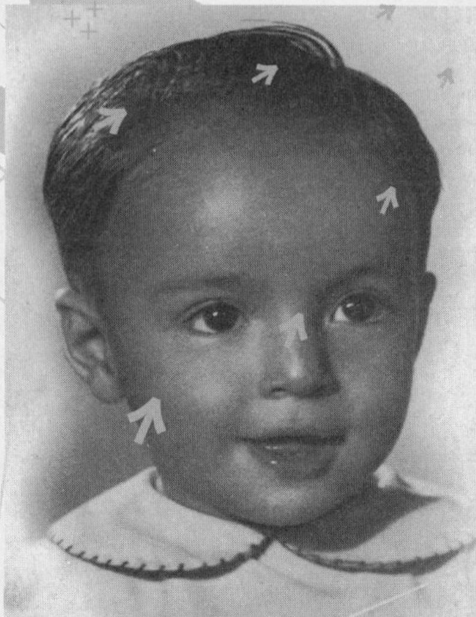

Había nacido en un barrio de la periferia, Carabanchel Bajo, y apenas había salido de él. Creo que toda la gente que vivía entonces allí tenía la idea de que una cosa era el barrio y otra, distinta, Madrid. Cuando alguien iba al centro de la ciudad, siempre decía «voy a Madrid», como si Madrid fuera otra cosa.

En ese barrio he vivido muchos años –no solo mi infancia y mi adolescencia– y siempre lo consideraré mi barrio, aunque me vaya a vivir a la Cochinchina. Hoy, apenas lo reconozco, pues la especulación inmobiliaria lo ha arrasado. Tengo la sensación, como dice un escritor al que admiro, Julio Llamazares, de que «nací en un lugar que ya no existe».

Recuerdo muchas cosas de mi infancia, pero una quizá sobresale del resto: el patio enorme de la casa de mi abuela Dolores. ¡Menudo patio! ¡La de horas que habré pasado en él jugando con mis primos! Por cierto, tengo primos para aburrir.

Recuerdo también los colegios del barrio donde aprendí a leer y a escribir, pequeños, viejos e incómodos; por eso me quedé con la boca abierta cuando, al comenzar el Bachillerato, mis padres me llevaron al colegio Amorós, con los frailes. El colegio estaba situado en dos edificios bajos y gemelos en medio de una finca inmensa. Se llegaba por una calle que estaba entonces sin asfaltar y cuando llovía volvíamos a casa con barro hasta en las orejas. Había campo de fútbol, de balonmano, de baloncesto, una piscina que en invierno se helaba, zonas arboladas, un huerto, un palacio del siglo XVIII que perteneció a Godoy... *Solo había una cosa en aquel colegio que no me gustaba: los profesores.* Sentía pánico de los profesores porque a las primeras de cambio te pegaban una bofetada con todas sus ganas. Una, o dos, o tres, o diez... Todos perdimos la cuenta. Nadie se libró de los tortazos. Eso sí, a veces, algún profesor se ponía a jugar al fútbol con nosotros durante la media hora del recreo; entonces nos aprovechábamos y le dábamos patadas hasta en el carné de identidad. Mis cuatro años en el colegio Amorós habrían sido fantásticos si los profesores se hubieran dedicado solo a enseñar.

El instituto fue como una bocanada de aire fresco. Me sentí tan a gusto allí, tan libre, que hice de todo menos lo que se supone que debía hacer: estudiar. Lo pasé de maravilla, pero no hablaré aquí de mi expediente académico.

En aquella época descubrí el teatro. Me fascinó. Escribía desde los once años, pero a partir

de ese momento –y durante mucho tiempo– solo escribí teatro.

Siempre cuento que mi primera experiencia literaria, es decir, la primera vez que algo que yo escribí llegó a los demás, sucedió cuando tenía veinte años y fue precisamente a través de una obra de teatro. Yo era el autor, el director y el actor principal. Muchos pensarán que era, además, un auténtico acaparador.

Había dejado los estudios al terminar el Bachillerato y había empezado a trabajar en lugares muy aburridos que no me interesaban nada (una compañía de seguros y la Administración). Pero como *la literatura era ya mi pasión*, a los veintiún años decidí matricularme en la facultad de Filología Hispánica. Fueron cinco años en los que apenas pude escribir, ya que trabajaba por las mañanas y asistía a clases en el turno de tarde. Además, poco después nació mi hijo, Jorge.

Solo sacaba tiempo para escribir alguna poesía corta en el G, que era el autobús que iba desde Moncloa hasta la facultad de Filología.

Eso sí, en cuanto terminé la carrera me desahogué escribiendo un novelón que tenía más de quinientos folios escritos a máquina, con los renglones bien apretaditos. *Nadie quiso publicármelo, y hoy entiendo el porqué*: de los quinientos folios, le sobraban trescientos, más o menos. Pero, eso sí, yo me quedé tan a gusto.

Como había decidido que no quería dedicarme a la enseñanza –¡qué cosa tan difícil la enseñanza!–, empecé a escribir sin parar.

A los veintiocho años conocí a un productor de cine y colaboré como guionista en su empresa. Era para mí un mundo desconocido y fascinante. Durante dos años, hice algunos guiones y adapté novelas, pero no fue una experiencia gratificante, sobre todo porque las películas que se hacían allí no me gustaban nada. Fue una pena, porque el cine me encanta.

Y por aquel entonces sucedió. No sé por qué, pero sucedió.

Acababa de cumplir treinta años, y mi hijo Jorge, seis. El caso es que escribí dos libros para niños, uno se llamaba *El árbol solitario* y el otro *Las palabras mágicas*. Me sentía muy inseguro escribiendo relatos infantiles, pero decidí probar suerte con un premio literario que vi anunciado en alguna parte; se llamaba –y se llama– El Barco de Vapor. Envié *Las palabras*

mágicas y no se me dio mal, pues gané el segundo premio y, sobre todo, me publicaron el libro.

Y ahí empezó realmente todo. Descubrí de pronto un mundo lleno de creatividad desbordante, de imaginación, de comunicación mágica y, en definitiva, de literatura.

Alejo Carpentier decía que los escritores no eligen los libros que escriben, sino al revés: *los libros eligen al escritor*. A mí me ha pasado eso con la literatura infantil y juvenil.

Desde entonces no he parado ni un solo día de escribir. No puedo parar, pues siento una fuerza misteriosa que me empuja. Primero escribo los libros en mi cabeza y luego en un papel, aunque a veces lo hago al mismo tiempo. Siempre digo que *me inspiro en dos miradas*: una interior, que busca dentro de mí mismo, y otra hacia fuera, que busca a los demás.

Ya he publicado más de ochenta libros –aunque muchos son cuentos cortos– y he viajado por muchas partes hablando de ellos con niños y jóvenes de todas las edades. Me gusta escribir para todas las edades –también he escrito para adultos–, me gusta tocar todos los géneros, me gusta saltar de un tema a otro... Por este motivo, algún crítico ha dicho que *soy un escritor muy difícil de clasificar*. A mí me encanta que mi línea sea precisamente la diversidad, pues siempre he odiado encasillarme.

Mis libros se han publicado en varios países de Europa (Francia, Italia, Portugal, Dinamarca, Suecia, Noruega, Islandia), América (Canadá, EE.UU., México, Colombia, Argentina, Brasil) y Asia (Corea, Líbano, China).

Por mi trabajo he recibido más de veinticinco premios, que siempre me han animado a continuar: Premio Altea, en 1984; accésit Premio Lazarillo, en 1985; Premio El Barco de Vapor, en 1989; Premio Il Paese dei Bambini, en Italia, en 1994; Premio ASSITEJ-ESPAÑA de Teatro, en 2001, y el Premio Nacional de Literatura Infantil y Juvenil, en 2009.

Pero el mejor premio de todos son los lectores, niños y jóvenes con los que no me canso de hablar, con los que me divierto, con los que me enriquezco siempre. Niños y jóvenes que me escriben preciosas cartas, que me llaman a veces por teléfono, que me mandan correos electrónicos... Ellos siempre me piden que no deje jamás de escribir, pero me temo que voy a defraudarlos. Sí, lo siento, he decidido que solo voy a escribir hasta que cumpla ciento treinta y siete años. Luego tengo pensado hacer otras cosas.

Entrevista a

el libro como personaje

Por Carmen Albert

El contenido de este libro muy bien podría definirse como «humoroso»: primero, porque lo que contiene son precisamente otros libros, objeto amoroso del autor, y segundo, porque se trata de relatos en los que el humor empaña el prisma a través del que contemplamos a estos personajes tan cercanos y tan humanos, que se mueven por su historia en la dirección que les marca el protagonista indiscutible, ese taco de papel y vida del que todos ellos son porteadores. Alfredo Gómez Cerdá no nos habla de un libro, sino de «el libro». El libro como personaje. Un personaje creado con retales de humor y de amor.

Alfredo Gómez Cerdá

En este libro te internas en la práctica del relato breve. ¿Qué tiene el cuento que no tenga la novela?

Es cierto que el libro lo conforman doce relatos breves, pero siempre he concebido la obra como un todo, como un conjunto. Los relatos son las respuestas a una misma pregunta, que es además el título. Eso me hace ver el libro como si, en realidad, fuera una novela dividida en doce capítulos, aunque es verdad que cada capítulo podría tener sentido por sí mismo.

Un cuento puede tener todos los elementos de una novela, por compleja que sea, o por el contrario centrarse en un detalle, en una anécdota. Hoy en día, cualquier definición de novela, de cuento, o de cualquier otro género literario es por lo general ineficaz. Ya no hay unas reglas para la novela, ni por consiguiente para el cuento. Así que, tratando de responder a la pregunta, solo podría decir que el cuento tiene algo que no puede tener la novela: brevedad. Nada más. Y claro, esa brevedad nos debería llevar a la concisión. Un cuento es una mirada fugaz. ¡Y cuántas veces una mirada fugaz nos ha conmovido de pies a cabeza!

«EL CUENTO TIENE ALGO QUE NO PUEDE TENER LA NOVELA: BREVEDAD».

Tus personajes suelen ser gente corriente: de cualquier profesión, de cualquier edad. Y las cosas que les pasan son a menudo fruto de la casualidad, del imprevisto. Las historias tienen desenlaces sencillos para que los protagonistas se superpongan a sus historias. ¿Estás de acuerdo con esta afirmación?

No hay ningún héroe en mis relatos, pero creo que también podría decir que no hay ningún antihéroe. Sí, gente corriente en su mayoría, que vive casi siempre en ciudades reconocibles:

Berlín, Vigo, Nueva York, Los Ángeles, Lisboa, Madrid, Medellín... La casualidad, el azar, está presente en todas estas vidas. ¿Existe algo más que el azar? Todos se afanan por algo, todos han encaminado de alguna manera su existencia, para bien o para mal; pero el azar –que siempre aparecerá de la mano de un objeto de papel llamado libro– irá dando vueltas de tuerca a su antojo. Yo no creo que los desenlaces sean sencillos, pues en la mayoría de los casos para llegar a ese desenlace han tenido que ocurrir muchas cosas. Eso sí, nada es extraordinario ni sobrenatural. En algunos casos, el final puede ser hasta esperado, y es que el azar también tiene sus propias reglas.

Me gusta que los personajes se superpongan a las historias, cuando escribo y también cuando leo. Algunos críticos han dicho de mí que soy un escritor de personajes, y con ese comentario siempre me he identificado. Cuando escribo, me gusta crear personajes; cuando leo, me gusta encontrármelos.

«ALGUNOS CRÍTICOS HAN DICHO DE MÍ QUE SOY UN ESCRITOR DE PERSONAJES, Y CON ESE COMENTARIO SIEMPRE ME HE IDENTIFICADO».

Algunos de los protagonistas de estas historias son perdedores, pero su derrota no aparece concebida como tal. Por ejemplo, el Scott de «Un libro sirve para salvarte la vida» es acribillado a navajazos y a tiros, pero un libro le salva la vida; Reme y Esteban sufren todo tipo de vicisitudes por el camino, pero llegan a tiempo a la boda de su hija, y eso es lo importante; Gustavo Escal Fado es destinado a Medellín por culpa de una cena desastrosa con su jefe, pero descubre que Medellín es un lugar maravilloso. ¿Es la orilla más dulce la que se alcanza tras cruzar el río de las penalidades?

La vida nos demuestra una y otra vez que, tras cruzar un río de penalidades, podemos encontrarnos una realidad más penosa todavía. Todo puede ir de mal en peor, como dice esa expresión tan popular. Por consiguiente, no era mi intención transmitir esa idea, que sonaría un poco a moraleja. Pero es verdad que para saborear –y valorar– lo dulce hay que probar lo amargo. Solo así podremos disfrutarlo al máximo. Y la vida suele encargarse de ello sin pedirnos permiso. Eso es lo que les ocurre a los personajes: la vida desbarata sus planes una y otra vez, pero curiosamente la propia vida los compensa. Y, caprichos del destino, ese dichoso objeto de papel llamado libro siempre anda por el medio. Recuerdo una frase de Kafka: «Como las cosas no podían ir a peor, mejoraron».

«PERO ES VERDAD QUE PARA SABOREAR –Y VALORAR– LO DULCE HAY QUE PROBAR LO AMARGO».

Hay, sin embargo, un personaje que es un perdedor y su derrota se relata sin ninguna concesión a la historia. Se trata de Bonifacio Kischnner, en el relato que recrea la quema de libros en la Bebelplatz de Berlín por parte de estudiantes y miembros de la SA el 10 de mayo de 1933. Quemaron libros de autores judíos y de contenido considerado antigermano. ¿Hay historias que no tienen ningún lado dulce?

Las hay, por supuesto, como decía en la respuesta anterior. Bonifacio Kischnner vivió en uno de esos momentos en que la historia parece volverse loca, azuzada siempre por seres humanos despiadados. En estos momentos, el azar se ve asfixiado por la barbarie, que no tiene límites. A Bonifacio, al contrario que a Scott, el libro no le salvó la vida, sino que le hizo perderla. Quizá su historia fuese muy dulce hasta esa noche –y hay datos que pueden hacer pensarlo–, pero su final la convirtió en amarga y trágica. Y es que a veces el final de una vida puede cambiar radicalmente todo el sentido de la misma. Pero ¿podemos decir que este personaje es realmente un perdedor? Pensemos que al final la historia le ha dado la razón.

Bonifacio Kischnner no aparece en el relato. Son otros personajes, su sobrino y el abuelo del narrador, los que reconstruyen sus últimos momentos. Tengo la sensación de que de esta forma su presencia es mayor, mucho más poderosa.

El escritor alemán Heine escribió en el siglo XIX: «Ahí donde se queman libros se acaba quemando también al ser humano». ¿Qué te parece esta afirmación?

La comparto. El territorio ideal de los libros son los seres humanos, pero sobre todo el interior de los seres humanos, es decir, sus sentimientos más insondables. En un libro está el ser humano que lo escribió, pero también están los seres humanos en los que se inspiró y los seres humanos que cobraron vida a través de unos personajes. En esa pira macabra, que tantas veces se ha encendido, siempre arde el ser humano.

«EL TERRITORIO IDEAL DE LOS LIBROS SON LOS SERES HUMANOS, PERO SOBRE TODO EL INTERIOR DE LOS SERES HUMANOS, ES DECIR, SUS SENTIMIENTOS MÁS INSONDABLES».

En varias de las historias se hace alusión a textos que seducen de tal manera a sus lectores que estos pierden el sentido de la realidad. Bala de Papel pierde el Tour de Francia; Olsen queda congelado en una posición bastante incómoda. Pero nunca se nos revela el nombre de ese libro misterioso que te saca de la realidad. ¿Por qué libro renunciarías tú a ganar el Tour de Francia?

Olsen y Bala de Papel creo que son los únicos que abren el libro, que lo leen. En ambos casos, al libro en sí se añade el hecho de la lectura. Y entonces las consecuencias son demoledoras. Siempre me ha gustado el ciclismo, desde niño jugaba al Tour con chapas de bebidas, en las que pegaba la foto de los ciclistas más famosos. La carretera la hacía con mis propias manos, sobre la tierra. Aunque nunca he sido ciclista profesional, creo que muchas veces soñé con ganar el Tour de Francia, con ascender las míticas cumbres de los Alpes o de los Pirineos. Aun ahora, cuando cojo la bici y pedaleo un rato por la Casa de Campo de Madrid, me imagino que la rampa que sube desde el lago hasta el teleférico es el mismísimo Tourmalet, y la que va desde el zoo hasta el cerro Garabitas, el Alpe D'Huez. Cuando he viajado por Francia, casi siempre he aprovechado para subir –aunque fuese en coche– a alguna de ellas. No hace mucho tiempo, viajando por Provenza, subí al mítico Mont Ventoux. Realmente emocionante.

No quiero, por tanto, identificarme con el protagonista del relato. Yo ganaría el Tour y, después, me tomaría unas vacaciones. En la maleta metería, como de costumbre, unos cuantos libros. Entre ellos, algunas novelas de aventuras.

Una fórmula recurrente en tus cuentos es la estructura circular, el viaje de un objeto para regresar, tras pasar de unos a otros, a manos de su primer poseedor. ¿Qué función tiene el objeto realmente en estas historias?

No se da en todos los relatos, pero es verdad que en varios está muy claro, como en «Un libro sirve para hacer el regalo perfecto», o «Un libro sirve para hacer una película de éxito», o «Un libro sirve para ganar un premio», etc. No busqué con deliberación una estructura circular,

«No busqué con deliberación una estructura circular, simplemente dejé que las diferentes historias fueran apareciendo poco a poco».

simplemente dejé que las diferentes historias fueran apareciendo poco a poco. He estado por lo menos tres o cuatro años con el libro en danza. No tenía ninguna prisa. Cuando se me ocurría una historia, la escribía, sin más.

«EL VERDADERO PROTAGONISTA DE TODAS Y CADA UNA DE LAS HISTORIAS ES UN OBJETO COMPUESTO POR UN TACO DE PAPELES ESCRITOS Y ENCUADERNADOS LLAMADO LIBRO».

Insisto en una idea que ya apunté más arriba: el verdadero protagonista de todas y cada una de las historias es un objeto compuesto por un taco de papeles escritos y encuadernados llamado libro. Y ese objeto es omnipresente; a veces da vueltas, y en otras ocasiones sigue una línea recta, o sinuosa.

Y no nos olvidemos del azar. Si el libro era el protagonista, el azar es el tema esencial de este libro. El azar es el que a veces cierra el círculo y el que en otras ocasiones lo deja abierto.

Cuando llegamos a este mundo nos encontramos que la vida –la nuestra, la de todos– ya está trazada de antemano, sobre todo en lo esencial. Nos queda poca capacidad de maniobra, aunque vivamos el espejismo de que no es así. Nos ilusiona pensar que vamos a conseguir cosas que nadie ha conseguido, pero la realidad se encarga de cerrar el círculo y de volver a poner las cosas en su sitio. Un relato circular siempre será un reflejo de la vida.

→ En el caso del billete de lotería que vuelve a su dueño, el protagonista se ha presentado a un concurso literario. En otras entrevistas ya se te ha preguntado sobre tu experiencia como concursante, así que no vamos a repetirnos. ¿Pero qué hay de tu experiencia como jurado? ¿Qué valoras fundamentalmente en un original que se presenta a un concurso?

He sido jurado de premios donde los participantes eran niños y jóvenes, y también de premios de adultos (no solo de LIJ). De los niños y jóvenes me asombra (para mal) su didactismo. Suelen ser relatos, en general, muy tópicos. Esto lo veo normal, pues creo que para ellos es difícil huir de los tópicos (ni siquiera los mayores lo hacemos); pero siempre me sorprende su tono moralista, su moraleja implícita y explícita. Es curioso, los que escribimos para niños y jóvenes solemos (no todos, es verdad) huir de las moralejas. Entonces, ¿por qué ellos las buscan cuando se inventan una historia? Quizá sea una forma de ordenar el mundo, su mundo. En un concurso de cuentos de niños siempre se agradece el cuento loco, disparatado, aunque no tenga ni pies ni cabeza.

En un original de un adulto, lo primero que busco es que haya intención literaria; que el autor, por encima de todo, intente hacer literatura. Y la literatura es un abanico inabarcable. La mayoría de las veces no voy a decir que no se vea la literatura, sino que ni siquiera se ve la intención. Después, ¡cómo no!, me gusta que el libro me atrape, que me haga olvidar que estoy leyendo originales para un premio literario. Esto ocurre poquísimas veces.

«En un original de un adulto lo primero que busco es que haya intención literaria; que el autor, por encima de todo, intente hacer literatura».

Me desagrada ser jurado de premios a los que se han presentado obras en todas las lenguas del Estado. Es imposible hacer una valoración de una obra literaria escrita en un idioma que no dominas, o que incluso ignoras.

→ **La casualidad también tiene mucho que ver con lo que les pasa a los personajes de tus relatos. Diamantino Calveiro debe su salud a la casualidad; los doctores Peinado y Calvo corrigen un error con otro cometido por ellos; el éxito**

de una película se apoya en una cadena de despropósitos. A mí, la verdad, esto me recuerda el enunciado que teníamos que aprender en el colegio cuando comenzábamos a operar con números negativos: «negativo por negativo da positivo». Como carreteras torcidas que conducen a un hermoso lugar.

Me viene a la memoria la famosa frase de John Lennon: «La vida es aquello que te sucede mientras tú te empeñas en hacer otras cosas». A un hermoso lugar podemos llegar por carreteras retorcidas, pero también por una autopista. Y al contrario, también hay autopistas que conducen directamente al infierno. Pero siempre el azar. Él pone todo patas arriba cuando menos lo esperamos, a pesar de que tomemos precauciones.

«PERO SIEMPRE EL AZAR. ÉL PONE TODO PATAS ARRIBA CUANDO MENOS LO ESPERAMOS, A PESAR DE QUE TOMEMOS PRECAUCIONES».

Según me han contado, tuve un antepasado (bisabuelo, o hermano de mi abuelo, o algo así) que, para controlar todo su dinero, decidió guardarlo en el forro de su boina. Y a todas partes iba con la fortuna sobre la cabeza. Estaba claro que no se fiaba de las trastadas del azar. Pues un día, estando en el horno de la panadería de un amigo, donde se reunían unos cuantos a jugar a las cartas, uno de ellos le quitó la boina, que debía de estar mugrienta, y la arrojó al horno encendido para que se comprase una nueva. Solo quería gastarle una broma, por supuesto. ¡El dichoso azar!

En el relato «Un libro sirve para que ser trasladado a Medellín» encontramos una magnífica prosopopeya de Ieronnimus Openclose. ¿Homenaje al Dómine Cabra? Yo he creído entrever este, y otro a Melville en el nombre que Bala de Papel pone a su papelería. ¿Estoy en lo cierto?

En el caso de Melville, sí, evidentemente. Moby Dick formaba parte de esos libros que le habían iniciado con pasión en la lectura. Ahora me viene también a la memoria un relato corto de Melville, «Bartebly, el escribiente», y la frase que ya se ha hecho célebre: «Preferiría no hacerlo». Bala de Papel prefirió no hacerlo, es decir, no ganar el Tour.

Lo de Ieronnimus Openclose es más casual. No tenía presente el modelo del Dómine Cabra cuando lo describía, pero reconozco que, después de escrito, sí pensé en el personaje de Quevedo, en la descripción física del mismo. Evidentemente, la cena es muy distinta. A lo mejor fue una influencia subliminal. Pero cualquier influencia de Quevedo, bienvenida sea.

¿Eres lector de cuentos? A menudo se te ha pedido que cites algunas de tus novelas favoritas. ¿Qué dos cuentos, españoles y extranjeros, recomendarías leer?

Sí, los cuentos están entre mis lecturas, aunque tampoco puedo decir que vaya buscando premeditadamente los cuentos por encima de otro tipo de libros.

«HE EMPEZADO A ODIAR LOS "FAVORITOS". A LO LARGO DE UNA VIDA NO PUEDES TENER SOLO UN FAVORITO DE NADA. LO BUENO ES IR CREANDO UNA LISTA DE FAVORITOS».

¿Dos cuentos? No está mal, casi siempre me piden que diga solo uno. Nunca me libro de esas preguntas como: ¿Cuál es tu libro favorito? ¿Y tu escritor favorito? ¿Y tu canción favorita? ¿Y tu película favorita? Etc. No sé responder. He empezado a odiar los «favoritos». A lo largo de una vida no puedes tener solo un favorito de nada. Lo bueno es ir creando una lista de favoritos.

¿Extranjeros? Pues creo que buscaría un cuento de Edgar Allan Poe. Pero ¿cómo no citar también a Maupassant? Y Augusto Monterroso, y no me refiero al microcuento del dichoso dinosaurio. Y Julio Cortázar, siempre. Y Raymond Carver. ¡Uf! Solo eran dos.

¿Españoles? No puedo evitar pensar en *Adiós, cordera*, de Clarín. Lo debí de leer a los catorce años por primera vez y se me quedó grabado para siempre. Los relatos breves de *Los niños tontos*, de Ana María Matute. Me gustan los cuentos de Sergi Pàmies.

Mis recomendaciones se pueden resumir en pocas palabras:
leer, leer, leer... vivir, vivir,vivir...
Escribir, escribir, escribir.

ALFREDO GÓMEZ CERDÁ

COMPAÑEROS DE VIAJE DE **¡¿Y PARA QUÉ SIRVE UN LIBRO?!**

ALGUNOS LIBROS, PELÍCULAS Y MELODÍAS PUEDEN ACOMPAÑAR A ESTE LIBRO EN SU LARGO VIAJE.

DOS LIBROS

El Señor y lo demás son cuentos,

de Clarín

A los trece o catorce años leí «Adiós, Cordera» y ese cuento siempre ha permanecido en mi memoria. Lo he vuelto a releer muchas veces. Quizá nunca me ha causado tanta impresión como la primera vez, pero desde luego nunca me ha defraudado, y siempre, al terminarlo, he sentido un estremecimiento.

«Adiós, Cordera» forma parte del libro *El Señor y lo demás son cuentos*. Hay muchas ediciones de este libro. Yo tengo una muy antigua, de 1919, de la editorial Calpe, Colección Universal. En la parte de atrás figura el precio: 1,50 pesetas. Las páginas están algo amarillentas, pero leer el cuento en ellas es una sensación insuperable.

Los niños tontos,

de Ana María Matute

Ana María Matute es una escritora privilegiada, y no solo por sus extraordinarias dotes, sino porque la leen los adultos y también los niños.

Aunque el título de este libro haga referencia a los niños y los relatos estén poblados de ellos, no es un libro para niños. Eso sí, yo no le quitaría a ningún niño este libro de las manos.

Hay en el libro veintiún relatos, muy cortos todos. Dice la autora que quiere que sean «breves, redondos y jugosos como una naranja». Todos ellos bucean hacia el mundo de la infancia y, en el esfuerzo, arrastran por igual lo real y lo mágico. Niños que, por lo general, sufren porque son distintos, o porque les ha tocado una vida diferente a la de la mayoría. Niños que miran. Niños que quieren comprender. Niños que sueñan. Niños que nos iluminan con su pena.

¿Quieres hacer el favor de callarte, por favor?,
de Raymond Carver

Carver murió joven, a los cuarenta y nueve años, cuando ya era reconocido universalmente como uno de los mejores cuentistas del siglo XX. También se le consideraba uno de los padres del realismo sucio, una corriente narrativa surgida en Estados Unidos en los años 1970-1980. En lo formal, pretendía reducir los relatos a su pura esencia, sin adornos de ningún tipo. La temática busca seres y situaciones vulgares, anodinos, convencionales.

Carver estuvo quince años escribiendo y reescribiendo este libro, que fue sufriendo un proceso de depuración. Siempre me sorprende la impresión que causan en el lector las distintas historias, sobre todo pensando que se trata de historias vulgares y comunes, y esos personajes con los que nos cruzamos a diario en las calles de cualquier ciudad (vendedores, empleados, camareras, dependientes, parados...). Quizá eso sea lo que nos atraiga y subyugue de manera inquietante, porque, aunque ninguno lo pretendamos, en el fondo todos somos seres vulgares y corrientes.

UNA PELÍCULA

Smoke (1995),
de Wayne Wang

Había muchos ingredientes en esta película para que me gustase. Primero, que el guion era de Paul Auster. Y luego los actores, sobre todo Harvey Keitel.

El argumento es muy simple. Todo gira en torno a un estanco y al estanquero (Harvey Keitel). Gente que pasa a diario por allí, con su vida a cuestas. El estanquero sale todos los días a la puerta de su establecimiento y fotografía el mismo lugar. Eso sí, todas las fotos son diferentes porque la gente que pasa por la calle en esos momentos es distinta. Para colmo de satisfacción, la cámara del estanquero es una Cannon AE1, como la que yo tengo desde hace más de treinta años. Me encantó verla en el cine.

Se mezclan historias, todas sorprendentes, con ese toque mágico de Auster. Hay un cuento de Navidad precioso, un escritor que no consigue escribir desde la muerte accidental de su esposa, un hijo que busca a su padre... Borbotones de vida.

OTRA PELÍCULA

Crash (2005),
de Paul Haggis

Una película que no deja indiferente y que, es inevitable, nos remite a una ciudad y a unos hechos concretos que sacudieron esa ciudad: Los Ángeles, 1992, un jurado compuesto en su inmensa mayoría de blancos absolvió a cuatro policías que habían dado una brutal paliza a un motorista negro. La revuelta estalló al instante y puso al descubierto un sistema político y policial corrupto y racista. Todo esto, de alguna manera, está en la película.

La película empieza por el final, por el desenlace: un joven de raza negra ha sido asesinado junto a una autopista de Los Ángeles. Me gusta especialmente que la película comience así. Luego, un *flashback* nos hace retroceder en el tiempo para ir descubriendo distintas historias, en apariencia inconexas, pero que finalmente se irán cruzando y dando sentido a todo. Y con cada historia vamos conociendo también a los personajes, cada uno con su mundo a cuestas. Finalmente, la película queda aparentemente cerrada. La construcción de la misma es perfecta. Sin embargo, todo un mundo se abre ante el espectador, que inevitablemente se verá obligado a reflexionar.

FROM THE SCREENWRITER/PRODUCER OF MILLION DOLLAR BABY
sandra bullock
don cheadle
matt dillon
jennifer esposito
william fichtner
brendan fraser
terrence howard
chris "ludacris" bridges
thandie newton
ryan phillippe
larenz tate
michael peña
A FILM BY PAUL HAGGIS
crash
"Easily the strongest American film since 'Mystic River'."
–David Denby, The New Yorker
"Two Thumbs Way Up!"
–Ebert & Roeper

MÚSICA

Cada historia
podía llevar su banda sonora.
Con todas ellas podríamos hacer
un disco de duración normal
(doce canciones).
Pensaré en algunas.

Para el relato *Un libro sirve... para salvarte la vida* me gustaría incluir una música callejera de Nueva York. Por ejemplo, un hombre golpeando latas de diferente tamaño y produciendo un ritmo increíble que invita a bailar a todos los viandantes.

Para *Un libro sirve... para ser trasladado a Medellín* recurriría directamente a música colombiana. Lo más fácil sería citar a Juanes o a Shakira, pero me voy a quedar con el maestro del canto vallenato, el juglar ciego Leandro Díaz, patriarca de toda una familia de músicos.

Para *Un libro sirve...*
para ahogarse en un río buscaría
música clásica; por ejemplo,
el *Cuarteto para el fin de los tiempos,*
de Olivier Messiaen, que compuso
mientras estaba encarcelado para
los cuatro únicos instrumentos
que había en la prisión: piano,
violín, violonchelo
y clarinete.

Para *Un libro sirve...*
para pintar la casa me iría
a alguna casa de fados
del Bairro Alto
o de Alfama, de Lisboa,
con poca luz y una pequeña
tarima entre las mesas.

Para *Un libro sirve...*
para hacer una película de éxito
repasaría bandas sonoras
originales. Seguro que
la de *El golpe* estaba entre ellas.
Y las de *Cinema Paradiso,*
La pantera rosa,
Desayuno con diamantes,
Blade Runner...